Aber hallo!

Alfred Heizmann
hintergründig & schelmisch

STADLER

Verlag Stadler Konstanz

Fotos: Helmut Reichelt, Tübingen

Satz: Satzteam Benz & Partner, Konstanz
Repro: Repro Magerl, Konstanz
Druck und Verarbeitung: Druckerei Konstanz GmbH, Konstanz

Verlag und Vertrieb:
Stadler Verlagsgesellschaft mbH
78467 Konstanz, Max-Stromeyer-Str. 172

3. unveränderte Auflage 2000

ISBN 3-7977-0366-X

Inhaltsverzeichnis

* Achtung Querleser !
Auf den Seiten 9, 11, 13 und 20 kommen Ihnen Frühlingsgedichte entgegen. Bitte lesen Sie langsam von links nach rechts. Wir melden es, wenn die Gefahr vorüber ist.

* Achtung Nachleser !
Die Gefahr der Frühlingsgedichte ist vorüber.
Sie können ruhig weiterlesen.

Frühlingsgefühle

Wenn die blauen, gelben, roten
Krokusse als Frühlingsboten
draußen auf der Wiese blühn,
der Wurm frohlockt im frischen Grün,
wenn die Geißen unter Tränen
sich nunmehr nach dem Bocke sehnen,
wenn Amsel, Fink und Küchenschaben
ähnliches im Sinne haben,
wenn Bienen, Hummeln und Hornissen
sich gern in feschten Händen wissen,
wenn Kater sich zu Katze findet
und ebensolches auch empfindet,
dann – so mag es durchaus sein –
bleibt auch der Mensch nicht gern allein.

Frühling

Frühling läßt sein blaue Bändel
wieder flattern durch die Luft,
und zuhaus gibt's wieder Händel,
alldieweil der Kuckuck ruft.
Fahrradtour ist angesagt,
Krokusse sind schon erschienen.
Selbscht das Schlüsselblümchen wagt
sich heraus im Grünen.
Kleine Veilchen, himmelblau
mit dem Köpfchen nicken.
Muß am Rad von meiner Frau
z'erscht einen Platten flicken.

Halali

Jetzt bricht wieder der Frühling derart granatenmäßig aus, daß mer's fascht nicht mehr ertragen kann. Krokusse, wohin das feuchte Auge reicht, Weidenkätzchen, Oschterglocken und sogar der Regenwurm, den wir im Winter so schmerzlich vermißten, hat jetzt sein Kamming-Aut, wie mir am See saged.

Jetzt ischt auch der eine oder andere fremde Gascht an der Seepromenade anzutreffen. Die dappen natürlich nur scheinbar so harmlos durch die Botanik. In Wirklichkeit eröffnen die bereits das Balzverhalten – jenes brünftig-gimpelige Phänomen, welches den Menschen mit Amsel, Fink und Meise gemeinsam ischt. Bei den genannten gefiederten Freunden schtört das natürlich nicht – so wenig wie bei den eingeborenen menschlichen Exemplaren. Der fremde Mensch jedoch eilt jetzt, meischt im Rudel, an den See, und das ischt etwas anderes. Diese Nescht-Flüchter, meischt aus allen Teilen Europas schtammend, bevorzugen also die feuchten Niederungen des manchmal auch scherzhaft genannten Schwäbischen Meeres.

Der See-Alemanne beobachtet dieses Naturereignis mit eineren gewissen Zurückhaltung, was wohl damit zu tun hat, daß er die heimischen Brunft- und Balzplätze gefährdet sieht. Er zieht sich dann meischt in seinen Unterschlupf zurück und verfällt in heiseres Bellen.

Das Fehlen geeigneter Biotope durch den Aufbau von reinen touristischen Nutzkulturen macht sich hier besonders schmerzlich bemerkbar. Wegen der sehr dünnen Beschtandesdichte und den erwähnten fehlenden Biotopen bekommt man in diesen Frühlingstagen den See-Alemannen nur selten zu Gesicht, zumal seine Balz keine Schaubalz wie beim Tourischten ischt. So sind auch seine Balzlaute – es exischtieren in den Archiven des Naturkundemuseums Tonträger aus den fünfziger Jahren – nur selten zu hören. Ein Rückgang der Population ist aber nicht zu befürchten.

Aus dem Gesagten ergibt sich für den Hubertusjünger folgendes: Tourischten bitte nur schonend bejagen! Schrot, zweieinhalb Millimeter, nicht mehr, und Schonzeiten beachten! Auch mit Fallen ist nur mäßiger Fang geboten: Beginn etwa Mitte März bis Ende Oktober. Merke: feuchte Uferzonen, parkähnliche Landschaften und Wirtshäuser liebt der Tourischt besonders wegen der Deckung und Äsung. Dies sollte man auf der Pirsch bedenken. Noch ein Wort zur Fährtenkunde. Im Frühjahr bleiben die Suhlplätze verwaist, weil der Tourischt das kalte Wasser nur ungern annimmt.
Und nun das Wichtigschte: der Tourischt ist zwar jagbar, aber ganzjährig geschont. Von daher empfielt es sich, mit ihm Kontakt aufzunehmen und – in netter Form – einige Gläslein zu trinken. Nicht selten hat mancher Tourischt auf solche und ähnliche Erlebnisse hin nicht nur seine Balz, sondern auch seinen Nischtplatz ein für allemal an den Bodensee verlegt, was der heimischen Population durchaus förderlich gewesen ischt.
In diesem Sinne also: Waidmanns Heil!

An Oschteren zieht der Nikolaus
sein rote Wintermantel aus
und haut sich in sei' Falle nei
und läßt mol Fünfe 'grade sein.
Denn Kinderbsuech und Gschenkleschpaß
macht sein Kolleg, der Oschterhas'.

Faschtenklinik

Faschtenkliniken, das liegt auf der Hand,
sind hierzuland im Land bekannt,
denn heutzutag ischt (Gottseidank)
nur jeder neunte rank und schlank.
Die anderen acht und descht ein Glück,
sind eher vollschlank oder dick.
Bei Bier und Schpeck tut man sich gütlich,
‘s heißt jo: die Dicken sind gemütlich.
Die Traumfigur – rein analytisch –
ischt heute eher fascht rachitisch
und orientiert bei Bruscht und Becken
sich praktisch an den Bohnenschtecken.
Wessen Figur also gewichtig,
der ischt in obiger Klinik richtig.
Hier trifft sich die beleibte Welt
und hinterläßt ein Haufen Geld.
Wer kräftig zahlt, bekommt indessen
als Gegenleischtung nint zum Essen.
Da reicht für jeden Kandidat
pro Tag ein halbes Blatt Salat.
E’ Erbse und e’ halbes Ei
ischt in dem Haus schon Völlerei.
Selbscht ein Schluck Wasser aus dem Hahnen
schprengt finanziell fascht jeden Rahmen.
Im Service sei (wie grandios)
das Atmen scheinbar koschtenlos.
Das Schnaufen ischt hier kein Verbrechen,
wer schnaufen kann, der kann auch blechen.
Kommscht nach vier Wochen aus dem Haus,
siehscht wie ‘e Büroklammer aus,
denn du hascht abgeschpeckt wie wild,
was übrigens auch fürs Konto gilt.
So kehrt man heim zu Weib und Kind,
wo Schpätzle auch zuhause sind.

Hier ischt man Mensch, hier darf man's sein
bei Bauchschpeck, Leberwurscht und Wein.
Man inveschtiert im großen ganzen
das Geld jetzt für den neuen Ranzen
und sieht nach einem halben Johr
so g'müetlich aus, als wie zuvor.
Man trinkt viel Bier, gewinnt Kontur
und schpart dann auf die nägschste Kur.
Es kneift die Hos, es zwickt das Mieder,
im nägschsten Johr hungert man wieder.

Im Frühling ischt der Nikolaus
nur äußerscht selten außer Haus.
Was will er auch im grünen Gras?
Da hockt ja schon der Oschterhas'.

Niedrigwasser

(laut zu singen)
Eine Seefahrt, die ist lustig, eine Seefahrt, die ist schön,
ja da kann man d' Insel Mainau und die Tulpenzwieblen sehn.

Jo, Pfeifendeckel, eine Seefahrt, die ischt luschtig, denn zu eineren sottigen braucht mer Wasser, und des hot es z' wenig im Bodensee.
Genau gnomme ischt des überhaupt keine Insel, weil es zwischen der sellen und Litzelschtetten Land ober ischt. Für eine Insel braucht mer aber praktisch ringsrum Land unter. Oder wenigschtens die berühmten zwei Handbreit Wasser unterm Kiel. Aber wo normalerweise des Wasser genau bis ans Ufer reicht, schtoht mer jetzt im Sumpf.
Und die großen Segeljachten befinden sich bei sommerlichen Temperaturen im Winterlager, des heißt, sie schtond auf den blühenden Fluren, schtatt in den kühlen Fluten. Nicht wohr, Fluren und Fluten, do siehscht wieder mol, was ein Buechschtaben alles ausmacht.
Sogar der Rhein ischt hundsmüed und hot sich in seiner Eigenschaft als Fluß in sein Bett zurückgezogen. Im letschten Johr war er um die Zeit putzmunter, do ischt er sogar schtellenweis mol übers Ufer getreten. Des macht er dies Johr nicht aus Schwellenangscht, weil er genau weiß, daß bei einem Übertritt sein Wasser auf der Wiese versickeren täte, und no kennte er des glatt abschreibe. Aber der Rhein ischt jo nicht bleed, bevor der seine eigene Exischtenz gefährdet, bleibt er lieber glei im Bett.
Alles in allem also, ein Reinfall, des heißt nicht einmol des. Der gleichnamige trepflet au bloß vor sich na und hette derzeit in einem Kochgschirr mittlerer Größe luschtig Platz. Ja, und was jetzt?
Allgemeine Ratlosigkeit! Die Freizeitkapitäne machets derzeit genauso wie die Ente, der Haubentaucher, der Schwan

und die Sumpfrohrlerche – sie verfallen in dumpfes Brüten. Ja, und für die weiße Flotte seh ich au schwarz. Jetzt hot praktisch nur noch das Klepperboot, der Weidling und die Fischergundel eine reelle Schanze. Das ischt die Schtunde des Ruderers, der Kanutin und anderer Paddler. Der muskelmotorisierte Wasserschportler hockt jetzt zuhauf auf dem See und hot seine geputzte Rueh. Für alle andere fällt momentan die Schiffahrt ins Wasser – und zwar ins seichte. Des ischt ein Skandal! In de Alpe liegt der Schnee haufenweis im Freie rum, und die lossen den ums Verricken nicht schmelze. Daß ich als alte Seefahrer wege dene Gletscheraschpirante jetzt nomohl de Schlitte rauszieh, kommt gar nicht in Frage. Vorher hock i grad z leid mitten auf der Wiese in mei Segeljacht und pfeif „La Paloma."

Heißa, Kinder, welche Freud',
nun ischt wieder Oschterzeit!
der Oschterhase kommt ins Haus,
wie seinerzeit der Nikolaus.
Lebkuchen hat er nicht dabei,
er bringt dafür ein Henne-Ei.

Pollenflug

An alle Leserinnen und Leser,
welche bislang noch nicht in den Genuß von Heu- oder sonstigem Schnupfen gekommen sind. Beachten Sie die aktuelle Pollenflugdurchsage und beteiligen auch Sie sich am Pollenflug! Ein Last-Minute-Angebot für jedermann! Die Pollenfluglinie verkehrt ganztags von Süßgras zu Süßgras. Sie können auf jeder Wiese einchecken, wenn Sie genügend Taschentücher mit sich führen. Erleben Sie unvergeßliche Stunden mit der Pollenfluglinie! Ihr Apotheker wird es Ihnen danken!
Genuß bei jedem Atemzug garantiert der Pollenflug.

Lesen Sie nun eine von hunderten Zuschriften, welche begeisterte Pollenflieger täglich den Wetterstationen zusenden:

„Was ein Schnupfen hätte werden sollen,
verdanke ich dem Flug der Pollen.
Ich erkenne schon im Schpiegel
den Pollen auf dem Nasenflügel.
Der Gurgelzapfen arretiert,
die Nasenschleimhaut jubiliert.
Die Bruscht wird schwer, es brummt der Grind,
wenn Pollenflieger aktiv sind.
Die Nase läuft, meldet Vollzug,
ich wünsche angenehmen Flug“.

Frühjahrsmode im ländlichen Raum

Gott sei Dank hond mir endlich wieder einmol ein Wetter, des diesen Name verdient. Es kam nämlich, so scheint es zumindeschtens, dem Frühling das Frühjohr nicht gelegen. Inzwischen sieht es aber so aus, als hätte der Frühling doch noch etwas Zeit für uns erübrigen könne, denn er druckt jetzt mit seiner wärmenden Sonne rein wie 'd Kälte.
Jetzt zieht es die modebewußte Landfrau und den progressiven Landmann genauso wie den Hobbygärtner und die Hobbygärtnerin wieder in den ländlichen Raum und hinaus auf Felder und Fluren oder hinters Haus in den Garten. Daß der Mode-Trend auch vor der genannten Schpezies nicht haltmacht, ischt klar.
Gummischtiefel trägt man auch in diesem Frühjohr ganz in Aubergine oder einem gedeckten, feschtlichen Schwarz in komfortabler Größe. Arbeitsbeinkleider, auch Schaffhosen genannt, in sandfarbenem, groben Cord, seitlicher Dehnbund, dezue schtahlblaue Hoseträger in gewohntem Design. Die Kopfbedeckung ischt auch heuer kein Muß, aber ein grüenes Magenbrothüetle bleibt der Klassiker. Für die Landfrau bleibt nach wie vor die Romantik-Folklore-Bluse, halbarm, verpflichtend, wie de knitterarme Falterock in Bordeaux und das Kopftuech in Flieder oder Marine. Grabgabel, Rechen, Setzholz, Schaufel und Schpate sind in ihrer äußeren Aufmachung der bewährten Formgebung treu geblieben. Rasenmäher, Traktoren, Pflüge und Heckenscheren unterliegen seit Jahren dem Trend und orientiere sich farblich an der Tulpe, dem Gänseblümchen, aber auch der Wintergerschte, und bleibed somit der dekorativen Kontrascht-Optik verpflichtet. Schafe treten auch in dieser Saison wieder durchgängig in gefetteter Schurwolle – gebrochenes Weiß mit einem Schtich ins Beige – auf den grünen Plan. Kühe – ganz in Leder oder Rindervelour – und Sauen in der

beliebten Kurzhaarborschte mit Schlammauflage. Federen, in gedeckten Farben, sind auch bei Hennen wieder „in“; Hennen-Bibbele bevorzuged die flauschig-gelbe Antischtatik-Optik im Gegesatz zum Gickeler, dessen Farbkleid sich scho immer der Exotik• verpflichtet wußte. Fledermäus, Kellerasslen und Schtubenfliegen treted in gewohntem Dekor auf, während Hauskatze ihr Winterkleid in Polschtergruppe, Betten und so weiter abgelegt habed und nun outfitmäßig in einer Kleidung zu sehe sind, die weniger aufträgt – eine Trenderscheinung, welche auch bei Feldmäus zu beobachten ischt.
Ob Zier-, Nutz- oder Biergarten, sie alle runded das Bild dieses Frühlings ab mit ihrem bunten Blütendekor und mausern sich selbschtbewußt zum Mode-Hit.
Man derf also geschpannt sein auf den Sommer.

MAM

Das Mittelalter in diesen Tagen
„boomt“, wie wir Alemannen sagen.
Drum gibt’s in jedem Feschtprogramm
einen sogenannten „MAM“.
Ein „MAM“ ischt also ein geballter
Markttag aus dem Mittelalter.
Als ritterliches Trachtenfescht
so e’ Art germanisches Wild-Wescht.
Der eine macht – und ist drauf schtolz –
einen Hosenknopf aus Holz.
Ein anderer bläst ins heiße Glas
oder töpfert irgendwas
oder singt ein Lied zur Leier
oder bemalt Hennen-Eier.
Andere beschticken Linnen,
wieder andere sieht man schpinnen,
schnitzen, schmieden oder weben,
oder einfach einen heben;
was im Mittelalter eben
sich am Markt so hat ergeben.
Die eher neuzeitliche Haltung
erkennt man an der Preisgeschtaltung.
Es bleibt die Schüssel – handlasiert –
am Euro-Dollar orientiert.
Kaufen täte man schon wetten,
wenn sie nicht solche Preise hetten.
Damals wie heute war der Preis
für den Verbraucher doch ein – Scheingefecht.

Das verregnete Frühjahr

Also, mir haben derzeit ein Wetter, des diesen Namen gar nit verdient.
Normalerweise sotte jo schon lang die Schlüsselblume blühen, mitsamt der Tulpe und dem Primelein, aber do sagt sich das Wetter halt au: April, April!
I mein, mir sind jo um diese Zeit ein Sauwetter g'wöhnt, aber daß des jetzt au ausgerechnet während die erschten Fremden in ihrer Eigenschaft als Tourischten, also praktisch erholungssuchend, von außen doher kommed, ausgerechnet in dieser hochsensiblen Phase findet das Weihnachtswetter im März statt. Was macht denn des für einen Eindruck im Ausland!
Jetzt erteilen mir dem Müll eine getrennte Abfuhr, schmeißen unsere Flaschen nach Farben getrennt in den gemeinsamen Container, schtecken jede Senftube ekschtra in den gelben Sack, trinked schadstoffarmes Bier, und dann bieten mir den auswärtigen Gäschten so ein Wetter! Ja, die müssed doch denken, daß mir einen klimatischen Sauschtall beieinander haben! Das ischt doch nicht die deutsche Norm.
Schauen Sie mol naus in den Garten oder in die öffentlichen Anlagen: das Schtiefmütterchen verschneit, der Märzenbecher gefroren, Amsel, Fink und Meise verschnupft und der Nochber ischt au verrotzlet. Do darf mer sich nichts vormachen, des ischt in den neien Bundesländern auch nicht anderscht.
Jetzt habed mir grad des Bild vom häßlichen Deutschen soweit retuschiert, und dann so ein fremdenfeindliches Frühlingswetter. Do lacht sich doch der sonnenhungrige Urlauber von der südlichen Halbkugel ins kalte Fäuschtchen. Und wenn die heimkommed, dann heißt's doch wieder: Typisch die Deutschen! Die Importbeschränkungen bringet se nicht weg, aber ein Haufe Schnee könnet se einem herwerfe.

Frühjahrskur

Der Frühling hot es jo ganz schön in sich. Man goht wieder ins Freie, und dort sehnen einem die anderen. Des ischt scho fascht zwangsläufig, daß einem die anderen erblicked. Natürlich sehnen die nicht bloß einen, sondern auch den Ranzen, der sich – weiß der Teufel, wie – im Winter auf rätselhafte Weise gebildet hot. Man schlupft jetzt gern wieder ins geblümte Kleid oder die Khaki-Hose und schtellt erschrokken fescht, daß an denen ein paar Zentimeter fehlen. Gottlob werded jo einem diese Diäten angeboten – i mein jetzt nicht die der Politiker, denn selle werden denen jo aufgedrängt – nein, i mein die sellen aus der Heimatzeitung. Sogar im Radio kann man Tips griegen, wie mer die Sommerkleidung wieder ans Winterfidlen bekommt.

Do gibt's dann nur noch diese sogenannte Rohkoscht. Die heißt jo „Rohkoscht", weil die von Rohlingen erfunden worden ischt. Also Rettich ohne Salz, Kopfsalat ohne Essig und Öl und gelbe Rüeben mit nint. Noch beschtialischer ischt des Ganze in Saftform und zum Nachschpühlen schtilles Wasser. Und weil der Mensch au mol was Warmes braucht, eine Gemüsebrühe mit wenig Gemüse – durchsichtig, aber appetitanregend. Brot ischt natürlich das reinschte Gift, aber jetzt gibt's jo diesen Brotersatz, der früher der Armee vorbehalten war, auch im freien Handel in Pappendeckelform – sieht aus wie Pappedeckel und schmeckt wie Pappedeckel, bloß nicht so würzig. Von all dem ernährt sich der gepeinigte Mensch so recht und schlecht im Frühjohr.

Jetzt braucht mer auch niemand bsuche. Erschtens ischt die Frühjahrskur das Thema Nummer eins und zweitens fällt dann das Obendessen entschprechend aus. Do traut mer sich als Gascht noch dem zweiten Radiesle doch nicht mehr zum Schöpfen! Des ischt aber egal – do mueß mer durch. Schließlich goht es um mehr, als um die schnöde Sinnenfreude eineren gefüllten Kalbsbruscht. Vom Zwiebelroschtbroten bleibt bloß noch die Erinnerung oder wenn's hochkommt die Zwiebel, allerdings roh, des ischt klar. Also, mir deheim faschten natürlich auch, gleichwohl nicht so schtreng, zumol es doch grad in diesem Frühjohr in allen Katalogen diese herrlichen Blumenröcke und Khaki-Hosen gibt mit eineren Dehnfalte im Bund...

Draußen vom Felde komm ich her,
und ich muß euch sagen: es oschteret sehr.
All' überall seh ich die knitzen
Schoko-Oschterhäslein sitzen.
Das Veilchen blüht auf Feld und Flur.
Die Hennen haben Konjunktur.
Der Niklaus liegt im Bett und pennt
und kommt erscht wieder im Advent.

Schmugglerschicksal

Also eines schtoht fescht, wer an der Schweizer Grenze schmugglet, ischt ein Wohltäter, wenn mer ihn vertwischt.
Die Schweizer Zöllner dürfed nämlich ein Drittel der verhängten Geldbuße behalten für ihre Wohlfahrtskasse. Des macht immerhin 2 ½ Mio Mark im Johr. Jetzt kann sich der notleidende Zöllner an diese Kasse wenden, und dann griegt der eine finanzielle Unterstützung.
Weil aber nur jeder dritte Zöllner ein Notleidender ischt und von sellerer Kasse Geld griegt, hond se vom Reschtvermögen ein paar Ferienwohnungen kauft.Und do müssed jetzt die zwei Drittel nicht notleidende Zöllner ihren Urlaub mache. Die Chalets sind zwar in beschter Lage im Wallis, im Berner Oberland und im Tessin, aber trotzdem.
Klar, dem Schweizer Zöllner bleibt praktisch jede dritte Mark vom Bußgeld für die eigene Ferienwohnung, während der Schmuggler wieder mol draufzahlt.
Andererseits isch's natürlich so: ein Schweizer Schmuggler kann Urlaub machen, wo er will, und die armen Schweizer Zöllner müssen ihre Ferien in einem Tessiner Chalet abbüeße.
Jetzt kennte man doch wenigschtens in der urlaubsmäßigen Saurengurkenzeit die Schweizer Schmuggler in diese Chalets in den Urlaub schicke, aber des goht wohl nicht, weil dann keiner mehr do ischt, der die ganze Sache finanziert. Ja, und jetzt?
Wenn es schon so rum nicht klappt, dann wär's eigentlich nur recht und billig, wenn die Zöllner dem Schweizer Schmuggler wenigschtens eine Schpendenbescheinigung überlassen täten, sonscht werfen die fruschtrierten Schmuggler nämlich eines Tages den Bettel hin – und no isches für die Zöllner fertig mittem Urlaub im Chalet.

Bauernregeln

Am Pfingschtsonntag warme Sonne,
ischt für Bohnen eine Wonne.
Auch der Rettich jubiliert,
wenn's zu Pfingschten ihn nicht friert.

Bringt uns Elvira Regenschauer,
sind die Wirtsleut schtinkesauer.
Scheint aber d' Sonne und's ischt heiß,
isch's weg den Fremden au en Schaden.

Sähst Korn du am Ägidientag,
es dir wohl geraten mag.
Wenn aber Regenwolken winken,
dann kannscht du deinen Korn auch trinken.

Isch an St. Meinrad s' Wetter schee,
kommen die Fremden an den See.
Sind aber Stürme zu verbuchen,
kann man sie mit der Lupe suchen.

Bringt St. Andreas Schnee schtatt Tauen,
kann es om aufs Fidlen hauen.
Kommt es an Petronell zum Schneien,
kann man auch auf den Ranzen keien.

Bringt Michaelis Sonnenschein,
trinkt der Landmann gerne Wein.
Wenn's schon zu St. Amalia froschtet,
trinkt er Moscht, weil der nix koschtet.

Wenn's kalt ischt zu St. Severin,
sieht man die Schwoben heimwärts ziehn.
Wenn aber Frost und Rauhreif fehlen,
dann bleiben die bis Allerseelen.

Schteht St. Anna vor der Tür,
könned die Gäschte nix dafür.
Ischt im Auguscht die Sonne rar,
sind die dran schuldig, des ischt klar.

Pfingschtgedichte

Wer wird, so frogt sich groß und klei,
in diesem Johr der Pfingschtochs sei?
Der hockt sicher wo im Schtau.
Genau!

❀

Und wieder ist es Pfingschten worden,
viel Leute kommen aus dem Norden,
und alles andere als leise,
singt jetzt der Kater seine Weise.
Tagsüber Fremde – nachts die Katz,
auch ich verreise und mach' Platz.

❀

Ein Mensch schnappt an Pfingschten s' Coupé
und will damit an den See.
Und dann hockt er im Schtau
wie im letschten Johr au,
und er denkt sich: dehom wär's jetzt schee.

Gourmet-Tempel

Also, neilich sind mir am Sunntig zum Mittagesse gfahre. Mir hond wellen aufs Land, ins Grüne und in ein kleines, nettes Lokal zu Schni-Po-Sa, also Schnitzel, Pommfritt und Salat. I mein, mir het au eine Wirtschaft g'langt, aber mei Frau hot in ein Lokal wellen.

Nochdem mir an zahllosen Ochsen, Sternen, Adlern, Trauben, Sonnen, Löwen, Engeln und Lämmern vorbeig'fahre sind, war's dann scho noch de Eins. Der Magen ischt mir bereits auf der Fueßmatte g'hängt, aber meine weitaus bessere Hälfte hot sich nicht bremsen lossen und mein Auto scho gar nicht. Mol war de Parkplatz z' voll, mol war er z' leer, mol war die Fassade z' grau, mol wared die Fenschter nicht sauber putzt, mol war die Mischte z' noh am Haus, und so sind mir an weiteren Ochsen, Sternen, Adlern und so weiter vorbei, bis es halbe zwei war. Plötzlich entdeckt meine Frau eine Adler-Poscht. Mir war die Sach jo nicht geheuer, weil der Schuppen weder Adler noch Poscht, sondern Adler-Poscht g'heiße hot. Von mir aus, solang d' Leit Witzereut-Hoppenstedt oder Hiehnerwadel-Sandmann heißed, warum dann nicht auch eine Adler-Poscht? Mir also hinein. Einen Schtammtisch hond se nicht ghet, do defür einen Schtehgeiger und einen Klavierschpieler. S' Lokal war voll und schon ischt ein schwarzbefracktes Männlein komme und hot g'sagt, im Abtszimmer oder in der Kapelle wär noch Platz. No het i au deheim bleibe könne – in unserer Kirch ischt am Sunntigmittag um halbe zwei au Platz, und zwar massenhaft.

Also guet, mir hocked in die Kapelle; ein anderes schwarzes Männlein kommt und beiget nebe jeden von uns guet zwei Händvoll Beschteck.

Dann schleicht so en pomadierte John-Travolta-Verschnitt her und frogt, wonach es uns gelüschtet. No hab i dem klargmacht, daß des ihn nint angoht und hab mir eine Halbe und meinere Frau en sauere Schprudel b'schtellt. Noch einere

viertel Stund naht er sich wieder mit einem 0,3er Puppenschtubenfläschle Bier und einem Wasserschälchen mit eineren schwimmenden Zitronenscheibe drin und frogt, was er uns offerieren dürfe. Eigentlich nint, hab ich g'seit, mir wend bloß was esse. Er hot no jedem einen schweinsledernen Band auf de Schoß g'legt, der ausg'sehe hot, wie d' Guetebergbibel und hot gseit, mir sollen uns Zeit losse, schließlich befänden mir uns in einem Gourmet-Tempel.
Ach so. – Ja guet. – No nint für unguet. Und was sind mer schuldig? No hond mir unsere 32 Mark zahlt und sind wieder g'ange, weil mit Sekte will i nint zum tue habe von wegen Gourmet-Tempel. Mir bleibed katholisch!

Sommer

Grillen

Im Sommer wird ein Feuer g'macht,
in Gärten, auf Balkonen,
do bleibt die Küche kalt auf d' Nacht,
im Sommer ischt das angebracht,
do will man keinen schonen.

Ich hock daheim auf mei'm Balkon,
genieß die Abendsonne
und rieche meinen Nochber schon,
er selber kennt do kein Pardon,
ihm ischt das Grillen Wonne.

Es weiß, wer meinen Nochber kennt,
das Grille ischt sein Heiligtum.
Die erschten Würschtlen sind verbrennt,
das Schnitzel nicht mehr exischtent,
der Schpeck im letschten Schtadium.

Inzwischen zieht ein Qualm vorbei,
die reine Aversion,
das Grillfleisch sieht jetzt einwandfrei
wie d' Kohle aus, und nebenbei
riecht es nach Kremation.

Der Nochber wird jetzt sehr devot,
des Zeig kann keiner esse,
auch der Salat im Angebot,
mit einem Ketschup auf dem Brot,
des kann man glatt vergesse.

Dem Nochber macht des gar nichts aus,
der läßt sich nicht belehren.
Am Samstag kommt das Grillfleisch raus,
und dann verbrennt er's hinterm Haus,
wer will ihm das verwehren?

Ich gönn ihm diesen Heidenschpaß,
ihm und jedem Wanderer,
macht ihm das Grillen keinen Schpaß
und es pausiert das Rabenaas,
grillt garantiert ein andrer.

Moral:
Das Grillen gehört genuin
zum Menschen, das ischt klar,
und wenn die rußigen Schwaden ziehn,
es grillt der Mensch auch weiterhin,
wie es zur Schteinzeit war.

Betriebsausflug

Also, mir fahren mit dem Betriebsausflug schon johrelang in die Bärenhöhle. Des ischt immer wieder schön.
Ich mein, mit sellenen zwei Bärenskeletter in der Höhle sind die meischten längscht per „Du“, aber des ischt doch egal – Hauptsach, mir fahred. Das heißt, des ischt nicht für jeden die Hauptsach. Es gibt auch welche, die fahred bloß wegem Saufen und wieder andere wegen dem Anbändlen mit den Kolleginnen. Aber man kann des leicht feschtschtellen, wegen worum einer fahrt. Man mueß bloß noch der Mittagspause die Kerle angucke: die Erschteren hond Öl am Huet und die Letschteren Gras am Kittel.
Am schönschten ischt immer der Obend. Do schpricht der Chef und verzellt, daß mir alle in einem Boot sitzen täten und daß mir die Zähne zemmenbeißen sotten und daß mir jetzt über dem Berg seien und daß es wieder bergab ging und daß er drum rein gesamtwirtschaftlich konjunkturmäßig z'friede wär. Und dann kommt noch, daß mir eine große Familie wären, und dann kommt der gemischte Broten mit Schpätzle und Salat und der Getränke-Bon. Und dann schtoht der Betriebsrat auf und verzellt wieder seine Witz und dann wird's scho langsam Zeit auf de Bus.
Also, ich find des immer wieder schön und bin schon gschpannt auf de Betriebsausflug im nägschte Johr.

Schnokenfrage

Die Schnoken im Sommer gehören vernichtet,
so wird in der örtlichen Presse berichtet.
Gesagt, getan – jo Pfeifendeckel,
do melden sich so Hennen-Freunde.
Es würde die Natur beschädigt,
wenn man der Schnoke sich entledigt
(die nur dem Spray-Hersteller nützt).
Rein schtatistisch gehöred gschützt
ganz schpeziell im Bodenseeraum:
die Schnoke, der Elch und der Affenbrotbaum.
Ein Professor hat bei Tag und Nacht
einen Selbschtversuch gemacht.
Er kroch nackt ins Gebüsch, nicht um sich zu verschtecken,
sondern zu reinen Forschungszwecken,
und sang auf die liebe Insekte ein Lob,
als er sich aus der Berberitze erhob.
Sein Lehrkörper, an Schtichen reich,
sah einem Schtreuselkuchen gleich.
Das Forschungsergebnis lag klar auf der Hand.
Er gab's uns im vierzehnten Bande bekannt:
zwischen Mai und September ganz genau
erreichen im Durchschnitt jede Frau
am Bodensee als Urlaubsgeschtalter
etwa fünfhundert Schnoken im mittleren Alter.
Die gesetztere Schnoke in reiferen Jahren
bedient sich der Männer, so war zu erfahren.
Das zutrauliche Tierlein sei in größeren Horden
dem Menschen zum treuen Begleiter geworden.
Die Feriengäschte, die hier erschienen,
würden als Schnokenfutter dienen.
Gerichtliches Nachspiel:
Wer Schnokenschtiche nachmacht oder fälscht oder nachgemachte oder gefälschte Schnokenschtiche in Umlauf bringt, wird mit Sommerurlaub nicht unter drei Saisonen belohnt.

Der Badesonntag

Also, jetzt isches wieder soweit. Jetzt schtrömt der Mensch zuhauf an den schönen Bodensee oder andere Baggerseen zum Baden.

Sie kommed mit Sonnenschirm und Liegeschtuehl und Luftmatratz und Schwimmring und Badeinsel und Flosse und Taucherbrille und aufblasbarem Nivea-Ball und Skatblatt, Wurfpfeilen, Wasserpischtolen, Veschperkorb, Sonnenöl und Schnokensalbe bewaffnet und lossed sich am Ufer nieder. Ha jo, me will's jo au gmüetlich habe, des ischt klar. Und dann beginnt die Landnahme.

Man rammt de Pflock für de Sonneschirm in den Boden und no drapiert mer die ganzen Utensilien locker drum rum, schpannt noch ein Wäsch-Seil für die Handtücher, und no hockt mer in der Bruet-Hitze unter den Sonneschirm und wartet. Wer sich's rein figural erlaube kann, hot einen Bikini an und die andere einen Badanzug. Natürlich gibt's auch Damen, die wo den Zeitpunkt der Umrüschtung vom Bikini auf de Badanzug verpaßt hond. Immer mehr sieht mer jetzt auch Bade-Nixen Oben-Ohne, des heißt, schon Oben-Mit, aber halt ohne, wenn Sie wissed, was ich meine. Und dann die Mannen. Bei manchen lamped der wohlgeformte Körper vorne so weit über d' Badhos, daß mer se fascht nimme sieht. Aber des ischt egal – alles hockt jetzt unterm Schirm und wartet und schwitzt, bis mer trielet wie en Birre-Sack, des heißt, me transchpiriert bis zum Devonschwimmen. Irgendwann goht mer ans Schtändle und trinkt ein Weizebier, welches den Körper durch alle Pore sofort wieder verläßt. Oder die Damen werfet sich einen Schwarzwaldbecher rein, der sich übrigens genauso verhält. Jo, und dann schmiert man sich gegenseitig das Sunnen-Öl auf die Schwarte und wartet wieder. No packt mer nomol en Weize und en Schwarzwaldbecher und hockt wieder unter de Schirm, bis des Zeig nausgschwitzt ischt, und no macht mer e kleins Nickerle, solang zwanzig Kinder über de Liegestuhl weg

Volley-Ball schpielet. Und no wird's au scho langsam Zeit, daß mer an de Heimweg denkt, schließlich will mer jo vor de andere im Schtau sei. Also loßt mer die Luft aus der Matratze, dem Schwimmring und der Bade-Insel, hängt das Wäsch-Seil ab, klappt die Liegeschtühl zemmen, baut de Sonneschirm ab und verschtaut alles wieder im Auto. Und no goht's ab in de Schtau. Dann hot mer eine grüebige Heimfahrt, ohne daß mer rasen mueß. Und dehom verschtaut mer alles in de Garage und freut sich schon aufs nägschte Bade-Wochenende.
Des ischt auch verschtändlich: der Mensch fühlt sich halt wohl im Wasser....

Gärtners Luscht

O Gartenluscht, o Gartenluchst,
Du wirst so langsam mir zum Fruscht.
Wenn andere Leite fröhlich zechen,
greif ich zum Schpaten oder Rechen,
zu Kultivater oder Hacke
und blos im Garten zur Attacke.
Das Unkraut wär zwar unbequem,
doch für uns Gärtner kein Problem,
wenn mir alltäglich mit Geräten
in allen Beeten jäten täten.
Dazu kommt Hagel, Froscht und Schturm,
die Blattlaus und der Regenwurm,
die rote Schpinne und die Schnecke,
die Milbe, die zum selben Zwecke
in meinem Garten sich ergänzen
und den Ertrag mir schtark begrenzen.
Sie alle, die den Garten zieren,
wollen vom Saatgut profitieren,
und ich kann dann auf allen Vieren
mich tagtäglich engagieren,
auf daß die Viecher emigrieren
und sich beim Nochber einquartieren,
denn wenn die erscht bei dem gaschtieren,
tät's meine Ernte maximieren.
Indem nun meinem Fleiß ich traue,
wenn ich den Erdboden bebaue,
goht's wie dem Adam mir vor Zeiten:
auch ich muß manchen Rückschlag leiden,
hab Müh' und Schweiß und fascht kein Nutzen,
hab Eva, samt dem Epfelbutzen,
und goht diesell mir auf den Keks,
bin ich im Garten unterwegs.
Insofern ischt ganz objektiv,
die Gartenarbeit relativ.

Psychogramm eines Betriebsausfluges

Jetzt sind jo wieder allenthalben diese Betriebsausflüge, und die sind einfach wichtig, wegen der Kollität, wegen der Kolligität oder halt wegen dem, daß man wieder besser zemmenschaffen sotte.
Bei so einem Betriebsausflug kommt mer sich praktisch näher von Mensch zu Mensch. Außer an sell Mensch vom Lohnbüro, an die kommt keiner ran. Schon allein von wegen dem Sexismus und so. Des wär ja auch eine perfekte Beläschtigung am Arbeitsplatz.
Also, mir hocken gemütlich zemmen, und zwar jede Abteilung für sich, do gibt's bei uns keine Probleme. Die vom Büro doben hocken jo auch rein rudelmäßig zemmen. Man wette halt unter sich sein. Von mir aus. Ich täte zu denen vom Büro doben sowieso gar nicht hocken wellen. Mir kennten vermutlich schtandesmäßig gar nint anfangen miteinand, und sell muß mer auch verschtehen: des sind doch Welten!
Die feinen Damen und die hohen Herren pflegen doch ihren eigenen Schtil! Klar – do weiß mer auch nicht, wer zu wem g'hört. Do goht es doch drunter und drüber!
Diese Dubel vom Büro kennten im Ernschtfall nicht einmol lachen! Mit solchenen hochgeschtochenen Rindviechern wette ich gar nix am Huet haben wellen.
Und außerdem: ich hocke jo mit denen vom Vertrieb dunnen auch nicht zemmen, des täte g'rad noch fehlen. Also alles, was recht ischt, aber s' Hemd g'hört in d' Hos! Das ischt doch nicht unser Niveau! Die saufen jo bloß beim Ausflug! Ich mein, mir sauf...mir trinken auch das eine oder andere Schälchen, aber trotzdem. Ja, und diese bleede Singerei im Bus von denen! Aber des ischt jo klar: die hond 's ganze Johr nint zum sage, no müssen diese Deppen die ganze, gesamte, versammelte Belegschaft mit Gesang belegen, was sich seit Jahren rein belagerungsmäßig belegen läßt. Und mit

so einem Lumpenpack hocken mir nicht an den gleichen Tisch.
Aber hallo! Mir bleiben in der unserigen Abteilung unter uns – do wissen mir, was mir haben. Und die anderen Grasdakkel sollen selber gucken, wie sie es machen. Ich mein, an des Ausflugsziel käm ich auch als Privatmann hin. Aber trotzdem: mir lassen uns unseren Betriebsausflug nicht nemmen!
Do kann einer sagen, was er will: so ein Betriebsausflug hebt einfach das Wir-Gefühl, do gibt's nint.

Der regenreiche Sommer

Es lebt der Heide und die Chrischten
am Bodensee von den Tourischten.
Tourismus ischt für uns ein Segen,
allein des lieben Geldes wegen.
Der Bodensee, das ischt bekannt,
ist meischt voll Wasser bis zum Rand,
und jeder von dem Wasser schwärmt,
wenn sich's per Sonnenschein erwärmt.
Ergo gehört zur Urlaubswonne
neben dem Wasser auch die Sonne,
weswegen manche Kameraden
teils wasser- und teils sonnenbaden.
Ohne diese Symbiose
geht jeder Urlaub in die Hose.
So manches Jahr, behaupt ich barsch,
lag der Sommer glatt im Argen,
und es mußten die Tourischten
hier ein trischtes Dasein frischten.
Zweck der Erholung nicht erreicht,
wenn's wochenlang in Strömen regnet.
Es schtörte auch die Urlaubsfete,
wenn es Katzen haglen täte.
Nicht nur der Gascht empfindet Trauer,
s' ischt auch der frohe Landmann sauer,
weil, wo die Heimatscholle winkt,
ein Sumpf entschteht, was jedem schtinkt.
So manches Jahr, sag's frei heraus,
ischt scheint's der Sommer außer Haus.
Wie dann der Herbscht wird, bleibt noch offen,
man kann nur hoffen.

Radfahrerfreuden

Nint ischt schöner als ein Schpaziergang auf dem Rundwanderweg der Insel Reichenau. Man hot de See, die Felder und die herrlichen Glashäuser. Man trifft Leut und kann bis noch Allensbach, in de Hegau und in die Schweiz luegen. Und – sell ischt das Wichtigschte: man kann sich nicht verlaufen, es hot nämlich überall Wegweiser für die Wanderer. Es hot natürlich au Wegweiser für die Radfahrer, aber die sellen mond einen ganz andere Weg, nämlich de Radweg, benützen, und von sellem aus sieht mer halt nicht immer ge Allensbach, in den Hegau oder die Schweiz. Was macht mer jetzt mit seinem Göppel? Du fahrscht halt auf 'em Wanderweg, wo denn sonscht? Gellen Sie, des ischt luschtig, wenn mer mit Karacho doher braust und mit der Fahrradschelle Alarm schlägt. Dann jucken die Fueßgänger ins Gebüsch oder machen einen Satz in d' Felder. Es gibt nint Schöneres, wie wenn so ein komischer Wanderer mit beiden Vorderfüßen in den Kohlräblein liegt und fluechet.

Ich fahr bsonders gern am Sunntig auf 'em Rundwanderweg, weil do das Publikum größer ischt. Es ischt immer wieder überraschend, was sich die Leite einfallen lossen, um sich und ihre Kindskärren in Sicherheit zu bringe. Ich hab jo an meinem Montenbaik keine Schelle, und des ischt besser wegen der Kommunikation. Ich arbeite mit Zuruf: „Bahn frei" oder „Außem Weg, alte Schapfe" oder „Gleich gehörscht du der Katze" oder sonscht was Nettes. No jucken die Wanderer und fueßled, wie die Bleeden. Das ischt der Sieg der Muskelmotorisierten über die Fueßtruppen!

Was halt nach wie vor gefährlich ischt, sind Kinder. Es gibt jo Leite, die lossen ihre Kinder beim Schpaziergang frei rumlaufen! Also, im Wald und auf Fueßwegen gehören Kinder und Hunde an die Leine. Wenn ich mit meinem Göppel so ein Kind verkarren täte, no wäre ich am End noch der Dackel.

Zu den Risikogruppen gehört auch der ältere Mitbürger oder

Senior oder halt die Alten. Die hören mich auf ‘em Fahrrad weder schellen noch ruefen noch schnaufen. Am beschten wär’s, alle Fueßgänger täten sich anseile wie im Gebirge. Dort ischt es mindeschtens so gfährlich wie auf einem Fueßwanderweg. I mein, wenn du im zwölfte Gang in eine Fueßgängerzone brausescht, dann lebscht du auch gefährlich.

Reschtrisiko:
Ein Radfahrer im großen und ganzen
überwindet auch Fueßgängerschanzen.
Ischt ein Wanderer parat,
und er dappt ihm vors Rad,
liegen beide am End auf dem Ranzen.

Urlaub auf dem Bauernhof

Mir haben uns entschlossen, des Johr in den Ferien einmol Urlaub auf dem Bauernhof zu machen, als sogenannte Urban-Emigranten. Weg vom Fernsehen, weg von der ganzen häuslichen Technologie, und vor allem weg vom Lärm und hin zur Natur – und zwar pur!

Am Morgen weckt om der Gickeler mit frohem Ruf, die Milch schtoht kuehwarm und euterfrisch auf dem Tisch, der Butter handgerührt und die Leberwurscht frisch von der Leber weg. Dann glückliche Hennen, die auf der Mischte kratzen, das Frühschtücksei noch fidlenwarm für drei Minuten im schprudligen Wasser. Absolute Ruhe, Vogelgezwitscher, Schwalbenneschter und obends Volksliedersingen auf dem Bänkle hinterm Haus.

Ja, und jetzt? – Jetzt hocken mir auf einem vollautomatischen landwirtschaftlichen Betrieb. Das Milchvieh kackt aufs Förderband. Die kuehwarme Milch wird direkt von der Erzeugerin weg in die Kühlanlage gepumpt und landet H-milchmäßig im Plaschtebeutel auf 'em Tisch.

Die Hennen hocked in der Batterie und leged ihre Fischmehleier direkt in den Euro-Karton. Der Gockeler schtoht ausgeschtopft im Großraumbüro, weil er vor vier Jahren infolge schwerer Depressionen den Freitod gwählt hot. Die Mäus sind außer Haus, seit alles zuebetoniert wurde, und die Katze schtoht jetzt mit leeren Händen do und frißt Bixen-Fueter. Der Sauschtall wird Tag und Nacht mit Häwi mädl beschallt, und die Bauerenküche ischt computergschteuert.

Der frohe Landmann zischt mit seine Inlainscäter über de Hof und die Bauersfrau hockt nach de Sauna im private Fitness-Studio, bevor sie sich mittem Euro-Agrarier in de Wirlpuul zurückzieht.

Die Klima-Anlag in unserer Suite sorgt gleichzeitig für eine gefilterte Luft, die jedes Sauerschtoffzelt erblassen läßt. In der Scheuer ischt jeden Obend Disco mit digitaler Übertragung auf eine Großleinwand am Scheuerentor. Wer vom Bett

aus nicht Satellitenfernseher gucken will, kann sich im Heimkino den Krimi „Tod in Malibu“ reinziehen.
Tagsüber werden in der umgebauten Waldhütte Computerkurse angeboten, und Uli, der Knecht, fungiert als Therapeut in eineren Selbschterfahrungsgruppe.
Die Urlaubsgrüße haben mir schon gefaxt, und mit der vollautomatischen Mango-Ernte nördlich von Tokio schtehen mir über One-Line in direkter Verbindung.
Nint goht über einen Urlaub auf dem Bauernhof.

Kartengrüße

Also, wie ich diese Kartenschreiberei hasse!
Jedes Johr der gleiche Zinnober. Ja, was schreib ich jetzt? „Viele Gute und alles Grüße“ – aber das ischt doch bleede. „Viele Grüße und alles Gute“, sotte es heißen. Aber das ischt doch genau so bleede. Also: „Das Essen ischt gut, das Wetter ischt schön...“ So ein Bettel! „Die Kinder und die Mutter haben viel Spaß“ – noch bleeder.
Also: „Grüße“, „Essen“, „Wetter“, „Spaß“, „Kinder“, „Mutter“, „schön“ und „gut“, das mueß in diesen Text hinein, das ischt klar.
Also: „Bei Essen und Wetter spaßen die Kinder und die gute Mutter hat's schön“ – goht nicht. Also nochmal: „Die spaßige Mutter hat gut essen und auch die Schön-Wetter-Kinder grüßen“ – goht auch nicht. Nochmal: „Die essenden Kinder spaßen mit der schönen Mutter bei gutem Wetter.“ – Ich dreh durch!!
Was machen eigentlich die daheim mit meinere Karte? Briefmark ausschneide und de Rescht wegwerfe. Do kennte ich jo glei bloß eine Briefmark schicke.
Also, nochmal: „Wenn das Essen so gut wäre, wie die Mutter und die Nachbarin so schön wie das Wetter, würden auch die Kinder mit den Grüßen nicht spaßen“ – des ischt doch sinnlos!!
Also, nochmol: „Wenn bei guten Grüßen und schönem Essen die spaßige Mutter und die Kinder...“
O blos mir au in de' Schueh!!!

Urlaubsplanung

Also, mir hond ein Wetter im Freien, do fallt om echt nix mehr ein:
Der See isch blau, das Wasser warm,
die Sonne scheint, daß Gott erbarm.
Natürlich zieht so eine klimatische Großwetterlage auch en Haufe Fremde in die Fremde. – Des heißt, wenn es die sellen wenigschtens in die Fremde ziehen täte, aber nei, die zieht es an den einheimischen Bodensee. Die Schtrände sind total übervölkert – ebenso die Drogerien und die öffentlichen Toilettenanlagen – von den gaschtronomischen Feucht-Biotopen ganz zu schweigen. Do ischt selbscht im heimischen Schilf kaum mehr ein Eingeborener anzutreffen.
I mein, der hiesigen Tierwelt kommt es absolut zugute. Schtanden noch im letschten Johr um die Zeit die Mucken vor dem Nichts, so kommen des Johr auf eine Schnoke rund 3,8 Fremde. Jo, und auf'em Wasser – Luftmatratzen, Schlauchboote und diese herrlichen Bade-Inseln mit Plaschtik-Palme! Es ischt ein Graus. Wo ich geschtern wieder so ein Palmen-Glump, so ein aufblasbares, gsehe hon, hab ich einen Plan gfaßt. Es goht um folgendes:
Also, eine Granatenhitze hond mir scho – die Fremde sind in der Überzahl – 's Wasser im See isch bollenwarm – no kenned mir glei noch Italien. Dert ischt es zwar au bollenheiß und 's Mittelmeer seichwarm, aber dert sind mir Fremde – und damit in der Überzahl. I mein – die Italiener wered zwar auch nicht begeischtert sei, wenn mir in ihrer Heimat die Bade-Insel aufbloset, aber so leid mir's duet – den letschten beißen die Hunde.

Tourischten am See

Jährlich schtrömen die Nomaden,
um am Bodensee zu baden
und an Schtränden und dergleichen
an die Uferböschung schauen.
Oder die mit bunten Kappen
auf der Mainau ummendappen,
schnell ein Eis in Meersburg schlotzen
und dann auf die Fähre gehen.
Leute, welche auf den Jachten
in der Sommersonne schmachten,
krebsgerötet – descht das Schlimme –
und zwar über Korn und Kimme.
Fahrradfahrer, Legionen,
unterwegs an Uferzonen.
Die mitunter auch im Freien
vom Göppel obenabenkeien.
Wanderer in großen Haufen
auf den Wanderwegen laufen,
wenn's bergauf goht, kräftig schnaufen,
und wenn's rum ischt, gerne singen.
Menschen, die mit Fototaschen
vollbepackt uns überraschen.
Die mit Schtativ und solchen Sachen
Jagd auf Eingeborne machen.
Kurzum, bei uns am Bodensee
isch's Urlaubmachen richtig schee.
Hot mancher Gascht, da gibt's Belege,
den Charme von einer Kettensäge,
kann uns des sicher nicht erbosen,
er kann uns mol am Fidlen blosen.
Die Allermeischten sind ok.
Auf Wiedersehn am Bodensee!

Baden, Lagern
und Anlegen
nicht gestattet!
Der Eigentümer

Schnoken

Der Sommer ischt am Bodensee,
des isch wohl jedem klar,
zum Baden einfach wunderschön,
und auch zu Schiff beim Fünfuhrtee,
wie es schon immer war.

Nur eines, des ischt gar nicht nett.
Des sind die vielen Schnaken,
die uns verfolgen bis ins Bett
und schtechen sogar am Klosett,
das ischt der große Haken.

Auch FKK ischt halb so schön,
weil hier sogar die frechen
Schnoken an die Leute gehn,
die haben sie sich ausersehn
wegen der größ'ren Flächen.

Ich schmiere – und zwar mit Autan –
am Morgen und am Abend
die Arme und die Beine an,
bis ich mich nicht mehr riechen kann.
Die Schnoken finden's labend.

Im Wasser halten sie sich raus,
da hab ich Ruh gefunden,
doch schtreck ich meinen Grind heraus,
klatschen die Schnoken schon Applaus
und lassen es sich munden.

Zurückgekehrt und kaum an Land,
die Schnoken sich formieren,
und hock ich dann am Uferschtrand
und fuchtle schtändig mit der Hand,
scheint's sie zu motivieren.

Inzwischen seh ich furchtbar aus,
ich könnte sie verfluchen.
Der Ausschlag plagt mich auch zuhaus,
und mein Gesicht sieht langsam aus
fascht wie ein Schtreuselkuchen.

So plagt die Schnoke jedermann,
und sei er noch so reich.
Die Bieschter fallen alle an,
den Klugen und den Blödian,
vor ihr sind alle gleich.

Der Schöpfer hat sich was gedacht,
wenn Schnoken fliegen sollen.
Denn sie erinnern Tag und Nacht,
daß Mensch und Mensch kein Unterschied macht.
Man sieht es an den Bollen.

So also will das kleine Tier
uns allen etwas zeigen.
Es schenkt uns drum ein Souvenir,
am allermeischten dir und dir,
von meinen ganz zu schweigen.

Fußball - Fieber

Also, jetzt sind mir seit 14 Tag im Europafußballmeisterschaftsfieber. Uns gohts wie der deutschen Mannschaft: mir sind fix und fertig. Es gibt nur noch ein Thema. Mei Frau hockt am Frühschtück in der Verteidigung, die Kinder im defensiven Mittelfeld und essed ihr Müsli, und ich lese denen die Schportberichte als hängender Linksaußen vor.
Sogar im Supermarkt bewegen mir uns über die Flügel, weil in der Mitte kein Durchkommen ischt, wegen den Regalen. Meine Frau rennt mit 'em Wägele bis kurz vor den Schtrafraum in der Kosmetik-Abteilung, und ich schmeiße den Magerquark im Schteilpaß Richtung gegnerische Kasse, sie nimmt ihn auf, ein kurze Doppelpaß, und des Ding ischt gekauft.
Vor lauter Fußball bin ich jo zu nint meh komme. Mein Garte auf de Reichenau ischt total verwilderet, das Unkraut hot sich kompromißlos zum Manndecker g'mauseret und dem Rasen sieht mer nicht mehr an, daß des mol einer war, der schtoht hoch wie ein Mann! Jedes Mol, wenn meine Gemahlin den Rase im Wemblei-Schtadion g'sehne hot, hab ich sofort eine Ermahnung hinnemmen müssen. Also, ich hab in dene zwei Woche mehr gelbe Karte gsehe als alle Fueßballer mittenand. Ja, und jetzt? Jetzt sind mir Schampinions! So hond se wenigschtens gsunge. Und ich? Ich wende mich wieder dem Garte zue und versuche durch einen klugen Schpielaufbau von hinte das Unkraut im direkte Pressing zu bekämpfe und in eineren eventuellen Verlängerung den Rasen volley zu verwandle. Sogar mein Bart wird jetzt auf die englischen 1,8 cm geschtutzt. Und dann?
Dann versuch ich erscht einmol, wieder Ruhe ins familiäre Schpiel zu bringen, das taktische Konzept für die Ferien feschtzulegen und meine Frau als Schtammspieler mental aufzubauen. Wie hot der Bundes-Berti so schön g'sagt?
„Die Mannschaft sind die Schtare"...oder so.

Limericks

„Das Wandern“, singt der Volksmund bewußt,
sei nur des Müllers Luscht.
Des ischt ungeheuer,
denkt der Schmidt und der Maier,
und beide schieben en Fruscht.

Ein Jäger macht sich’s zu eigen,
mir schtändig den Vogel zu zeigen.
Mal den gelben und roten,
descht zwar nicht verboten,
bloß wenn’s ich mach, dann wird er eigen.

Ein Förschter schpricht ziemlich wirsch:
„Luise, ich geh auf die Pirsch.“
Legt sich hinter der Mauer
am Haus auf die Lauer.
Sieh da – schon naht sich der Hirsch.

Ein Wanderer wandert durchs Land.
Ihm ist jeder Grillplatz bekannt,
denn er hat unbeugsam,
wohin er auch kam,
seine Grillwurscht begeistert verbrannt.

Mein Nochber trinkt gern zum Esse
einen Moscht, er ischt drauf versesse.
Ich trink mit – dann und wann,
doch mein Hals fühlt sich an,
als hätt ich en Schlittschueh gefresse.

✌

Das Theaterstück war ein Schlauch.
Rein inhaltlich Schall nur und Rauch.
Man beschwert sich zurecht
die Akustik sei schlecht.
Als ich's hörte, roch ich es auch.

✌

Mein Chef schpricht: „Ich bin ganz erschossen,
hab gestern ‚Hamlet' genossen."
„Letscht Woch", sagt mei Frau,
„gab's den bei uns au,
aus der Röhre mit Rotwein begossen."

✌

Eine Bäuerin kam stets inmitten
des Pfades der Tugend geschritten.
Oben wartet der Boy
stundenlang schon im Heu
und spricht: „Gnädige Frau, darf ich bitten?"

Ein Computer kostet im Versand
ein Vermögen – das liegt auf der Hand.
Die Sache wär halb so schwer,
wenn es das bloß wär,
aber manche kostet er den Verstand.

✌

Bist du mit deiner Frau
erst mal in der EDV
auf Diskette gespeichert
mit Details angereichert,
kennt euch jede Sau ganz genau.

✌

Eine Glühbirne hat an der Wand
nur Frustrationen gekannt.
Bloß rumhängen ist fad,
dafür bin ich zu schad.
Jetzt ist sie durchgebrannt.

✌

Ich kann die Leute verstehen,
die zur Pediküre gehen,
denn Maniküre ist hin
und schon längst nicht mehr „in".
Lieber Wurstfinger als Knoblauchzehen.

Die Nudisten am Konstanzer Horn
baden Sonne von hinten und vorn,
und der Sonnenbrand
liegt klar auf der Hand,
und zwar über Kimme und Korn.

✌

Ein Herr aus Mülheim/Ruhr
weilt in Überlingen zur Kur.
Den Kurschatten beschatten,
kommt ihm sehr zustatten,
denn dieses hat dort Konjunktur.

✌

Ein Playboy aus Giengen/ Brenz,
der prahlte mit seiner Potenz.
Er investiert seine Rente
jetzt in Alimente
und predigt Abstinenz.

Sommergrippe

Der Sommer macht mir keinen Schpaß,
da hab ich eine Rotzlerei
zwecks Sommergrippe und dabei
Augen wie ein Angorahas.

Die Bronchie gleicht den Fischer-Chören,
sie rasselt laut bis zum Exzeß
wie weiland der Orient-Expreß,
man kann sie überdeutlich hören.

Und auch mein Bauch schtreikt offenbar,
es rebelliert das Eingeweide,
und zwar ausschließlich mir zuleide,
der Darm ischt nicht mehr, was er war.

Ich kann auch leider nicht mehr schprechen,
der Hals ist zue, ich fresse Kreide.
Im Wald genau wie auf der Heide
bereitet er mir Kopfzerbrechen.

Im Winter ischt doch einfach ‘s Bescht,
wenn die meischten Leute frieren
und die Lungen arrettieren,
liegt man gern einmol ins Nescht.

Wenn andere den Schnee wegschippen,
ischt es in der Falle schön,
warm und weich und außerdem
darf man einen Glühwein kippen.

Im Winter bin ich kerngesund,
im Winter hot mir nie was g’fehlt,
im Winter ischt mein Körper g’schtählt,
der Winter ischt kein Krankheitsgrund.

Im Sommer schtellt sich Grippe ei',
do ischt der Virus dann so frei
und ergreift für mich Partei,
do hilft mir denn auch ko Arznei,
des ischt eine üble Schinderei,
die Sommergrippe bleibt dabei
mir seit vielen Sommern treu,
daß des wohl nicht ganz richtig sei,
des sag ich jetzt bloß nebenbei.

Ernte

Jetzt suecht man Epfel zu erlangen,
welche an den Bäumen hangen
in einem Bomguet oder Garten
und auf ihre Ernte warten.
Schteigt der Bauer auf den Baum,
heißt's für den Epfel: aus der Traum.
Übrigens, do brauscht nicht hirnen,
des gilt für Zwetschgen auch und Birnen.
Anderscht wird es auch nicht gehen
den Mirabellen und den Schlehen.
Ja, man kann es fascht erraten:
so ergeht's auch den Zibaten,
selbscht die honiggelben Quitten
schont im Herbscht man praktisch itten.
Erntezeit ischt angesagt,
wenn's dem Obscht auch nicht behagt.
Manches wird in corpore
eingekocht zu Frucht-Gelee.
Dies bevorzugt der Bankier
und im Casino der Croupier,
genauso wie der Conferencier,
auch der Künschtler auf Tournee,
oder bei der Matinee
vom Südweschtfunk der Portier,
die Tänzerin im Varieté,
kurz: jedermann, und sei's in schpe,
hockt morgens früh schon beim Kaffee
und verveschpert ein Gelee.
Natürlich kann – ihr werdet's kennen –
das Obscht zu Obschtler man verbrennen.

Epfel, Zwetschgen und Zibaten
zu diversen Deschtilaten
kunstvoll und perfekt bereitet
und dem Gaumen zugeleitet,
können – wer will es verdenken –
einem durchaus Freude schenken,
denn sie dienen der Erbauung
und befördern die Verdauung.
Nicht anderscht ischt es mit den Trauben,
die sie jetzt von den Schtöcken klauben.
Ab und zu auch eine essen,
das meischte in der Presse pressen.
Diese dann als Saft verläßt er,
und was übrig bleibt, ist Treschter.
Daraus läßt sich dann beizeiten
auch ein Schnäpslein zubereiten,
welches uns Beschwerden nimmt
und den Magen fröhlich stimmt.
Indes der edle Traubensaft
wird in Fässer nun geschafft,
und in diesen muß er schmoren,
bis er völlig durchgegoren,
nachbehandelt, ausgebaut,
bis die Säure abgeflaut,
schließlich hell im Glase leuchtet
und den Gaumen mir befeuchtet.
Das erschte Gläslein schtimmt uns heiter,
das zweite, dritte und so weiter
läßt mit der Zeit uns selig werden
und weist den Himmel uns auf Erden.

Nur anderntags, da kann es sein,
daß das Befinden allgemein
nicht mehr so fröhlich ischt wie geschtern,
der Kopf ist voll von Weschpenneschtern
und läßt auch nicht auf Linderung hoffen,
vielleicht, weil man zuviel getrunken
bar jeder Ausgewogenheit.
Hier schweigt des Sängers Höflichkeit.

Moral:
So also lautet der Befund:
das Obscht als solches ischt gesund.
Getrocknet ischt es auch nicht schlecht,
als Marmelade mehr als recht.
Gebrannt, vergoren oder so
birgt's ein gewisses Risiko.

Die Zeitenwende

Also, ich weiß nicht, diese Zeitverschiebung setzt mir ganz schön zue. Jetzt ischt die Sommerzeit vorbei und die Winterzeit angebrochen. Mir hond praktisch eine Schtunde mehr. Ja, hot jetzt der Tag 25 Schtunden oder hot der bloß 23 g'het? Also, wenn's bei uns erscht neulich noch siebene war, no isches jetzt plötzlich achte. Jetzt hab ich mei Mamme g'frogt, um wieviel Uhr ich vor 47 Johr geboren bin, des macht in drei Jahren genau zwei Tag aus, no hab ich anno 1997 nicht am 4. Jänner, sondern an Dreikönig Geburtstag. Wenn des wohr ischt, dann fällt anno 2098, also genau in 102 Johr, Silveschter auf de Karfreitag und im Jahre 2149 auf de Pfingschtsonntag. Des heißt im Johr 2349 täte der letschte Tag vom Johr genau auf Silveschter fallen, und no bin ich geschtandene 400 Johre alt. Des sind jetzt aber bloß die Winterzeite. Im Sommer zieht man praktisch eine Schtunde ab. Also die Fähre Konstanz–Meersburg fährt am Tag all 10 Minuten und bei Nacht all Schtund. Ich sag des jetzt bloß, damit mir uns drauf einschtellen können: in 2304 Johr verkehrt die Fähre nur noch einmal täglich und im Jahre 840960 fährt se nur noch alle zwei Tag. Und wege dem Sommerzeitabzug fällt mein Geburtstag am 4. Jänner 1999 auf Silveschter, und im Jahre 2083 fällt Silveschter auf den Nationalfeiertag am 3. Oktober. Insoweit goht des jo in Ordnung.
Aber wenn man jetzt den Nationalfeiertag anno 2083 vom Pfingschtsonntag 2143 abzieht und die Schaltjahre mithineinrechnet, no ergibt des für mich ein Schteuerfreibetrag von genau 66 Johr. Des heißt, daß ich erscht anno 2060 wieder Schteieren zahle mueß, und do zahl ich kone meh, weil ich 111 Johr alt bin und Rente grieg. Oder wenn Sie mich zum Beischpiel im Dezember 1996 im Radio höred, no kennten Sie mich rein sommerzeitmäßig bis in genau 8760 Johr überhaupt nicht mehr in Ihrem Radio empfangen. Aber ich kann Sie beruhige – me mueß jo noch die Winterzeiten einrechne .

Loblied auf das Fahrrad

Das Fahrrad ischt mein großes Glück,
denn ich besitz ein Mauntain-Bick.
Vom Tretter bis zum Schellenklöppel,
ein super-turbo-geiler Göppel.
Mein Fahrrad hot, ich sag's mit Schtolz,
ein Sattel wie ein Vierkantholz.
Mir tuet, wenn ich des Sitzle seh,
beim bloßen Anblick 's Fidle weh.
Der Lenker – eher tragisch komisch,
aber dafür ergonomisch.
Er ischt, falls des on interessiert,
von der Mischtgabel inschpiriert.
Ein Schutzblech hot mein Fahrrad nicht,
descht unnötig und haut aufs Gwicht.
Es fliegt mir bei meim Mauntain-Bick
der Schtroßendreck direkt ins Gnick.
Dort klebt er fescht wie angeschweißt,
und ich begreif, was „Trecking" heißt.
Doch schütze ich mich nicht vor Schmutz,
no brauch ich auch kon Kettenschutz.
Reißt 's Zahnrad mir am Hosenbein,
no hau' ich 'd Raschterschaltung rein.
Die Hos zerfetzt – ich schieb ein Fruscht –
doch andererseits kon Zeitverluscht.
Die Reifen nemmet's in dem Lauf
mit jedere Panzerkette auf.
Damit erschteig ich autonom
im Ernschtfall jeden Zwetschgenbom.
Kurzum, mein Fahrrad ischt ein Hit,
do kommt dein Göppel nicht meh mit.
In meinem G'schoß ischt Dynamit,
descht schneller als ein Satellit
und dobei härter als Granit.
Der Bock ischt einfach exquisit,

und wenn de do mol fahre wit,
denn bischt du schneller am Zenit
als irgendein Meteorit.
Weil der so schnell ischt mit Eschprit,
fahr ich so guet we nie demit.

Erntedank

Ebbes wollt ich noch verzellen,
dem, der erntet und den sellen,
welche die schönen Früchte essen:
eines sollt Ihr nicht vergessen,
gerade jetzt in diesen Tagen,
einmal herzlich Dank zu sagen.
Denn wenn ich's so recht bedenk,
dies alles ischt doch ein Geschenk,
welches wir nach einem langen
Gartenjahr erneut empfangen.
Es hätt auch anders kommen können,
will mal nur Schturm und Hagel nennen,
oder Froscht zur falschen Zeit,
oder eine Trockenheit.
In anderen Ländern wartet bang
auf Ernte man schon jahrelang,
und es erkennt, wer dies bedenkt:
verdient ischt gar nix, sondern gschenkt.
Natürlich könnt mer mir als Fromme
mit hundert Wenn und Aber komme.
Ich sage frei heraus und frank
zu dieser Ernte: Gott sei Dank.

D' Reichenau im Herbscht

Wenn's Herbscht ischt auf de Reichenau,
isch selte mol de Himmel blau;
schtattdessen hond mir täglich fascht
de Nebel do als Dauergascht.
Und d' Sunne überm Fischerhaus
kunnt als erscht gege Mittag raus.
Im See wird langsam 's Wasser knapp,
und d' Bauere räumed d' Felder ab.
Wohi de gucksch, an alle Ecke
schtaplet se Tomateschtecke.
Me holt au d' Traube langsam rei,
glaub, des Johr gieht's en guete Wei.
Ko Boot verschandlet jetzt de See,
die Jachte sind jetzt niene meh.
Die Insel zeigt sich i' me Gwand,
wie es den wenigschten bekannt.
Schtatt Krach und Lärm hörsch Tag für Tag
jetzt wieder mol de Welleschlag,
siehscht d' Schwäne schtill durchs Wasser gleite
und ab und zue paar Möwe schtreite,
hoch in de Luft en Enteschwarm.
Jetzt merkscht: die Reichenau hot Charme.
Jetzt sind die Auer unter sich
und d' Schtimmung ischt fascht feierlich.
's ischt die Zeit, wo mer schpüre ka':
„Augia felix" – do ischt ebbes dra.

Der Epfel

Und wieder ischt es Herbscht hienieden,
die Epfel sind jetzt unzufrieden,
weil sie, die an den Bäumen hangen,
nun also zum Verzehr gelangen.
Kaum liegt er in dem Gras darnieder,
findet er sich im Kuchen wieder
mit Zucker und mit Zimt beschtreut,
was uns zwar, aber ihn nicht freut.
Worunter jeder Epfel leidet,
wenn er als Epfelmus bereitet,
in einer Schüssel formlos dampft,
bis es von irgendwem gemampft.
Was ihn auch Überwindung koschtet,
wenn er zu Epfelmoscht vermoschtet.
Er, der dereinscht hochgeachtet,
nun in einem Fasse schmachtet
und drauf wartet, was ihm schtinkt,
bis ihn irgendeiner trinkt.
So denkt der Epfel an sein Glück
in jener gold'nen Zeit zurück,
als Eva ihn vom Baum gerissen
und ihrem Adam hingeschmissen.
Kaum daß er diesen Epfel packt,
erkennt beschtürzt er: wir sind nackt.
Er ließ sich diesen Epfel munden
und hat danach die Jeans erfunden.
Dann aber denkt der Epfel schnell
an jene Zeit mit Wilhelm Tell,
als dieser auf den Buben schoß,
was den Epfel sehr verdroß.
Die Schweiz kennt ihren Held genau,
doch an den Epfel denkt kein Mensch.
Das findet jeder Epfel blede.
Statt dessen kommt er ins Gerede,

wenn mal in ihm als Pensionat
ein Wurm den erschten Wohnsitz hat.
Das macht dem Epfel gar nichts aus,
er lacht sich eins im Kernenhaus.
Ist seine Zeit auch abgemessen,
so oder so – er wird gefressen.

Der Wanderer

Der Wanderer – traditionsbeladen,
zählt zu der Schpezies der Nomaden.
Man sieht ihn durchs Gelände laufen,
bergauf, bergab und über Haufen,
schpazierend oder im schnellen Lauf
tritt er meischt im Freien auf.
Läuft in den Bergen und auf Almen,
er läuft, bis ihm die Socken qualmen.
Man erkennt im großen ihn und ganzen
an der Kniebundhos am Ranzen,
an der Jacke gegen Wind
und am grüenen Huet am Grind.
Auch ein Schtreichholz ischt geboten
und ein Schtecken in den Pfoten
und im Rucksack Brot und Wurscht
und en Schwarztee für den Durscht
und den Flachmann, den bekannten,
mit dem selber schwarz Gebrannten,
zwei Rollen Clopapier ung'fähr,
falls irgendwo mol ebbes wär.
Ein Sackmesser im Hosensack,
ein Guetsele mit Himbeergschmack,
ein Liederbüchlein unbedingt,
wenn plötzlich irgendeiner singt,
und fünf Mark zwanzig ungefähr,
falls irgendwo ein Wirtshaus wär.
So ausgerüschtet für die Tour
schreitet er durch die Natur,
kennt jedes Blümlein, jedes Kraut,
sogar, wenn letschteres schon verdaut,
als Böppel oder brockenweise
definiert er jede Losung.
Er kennt, wie g'sagt, fascht jeden Baum,
und jeden Busch kennt er im Traum,

kennt jedes Gras und jeden Strauch,
und jedes Wirtshaus kennt er auch.
Pfeift wie ein Vogel immerzu
und ischt mit jedem Wurm per Du.
Kennt jeden Schneck entlang des Pfades
bis zur Verwandtschaft dritten Grades.
Er kann ein Has zu allen Zeiten
von einer Wildsau unterscheiden.
Er kennt der Nachtigallen Klage
und der Kneipen Ruhetage.
Er kann den Lebenslauf erklären
von Heidel-, Brom- und anderen Beeren.
Er schätzt, wenn er durch Wälder schtapft,
auch Pils – besonders frisch gezapft.
Er kennt die Balz vom Haselhuhn,
ischt gegen Zeckenschtich immun,
sitzt auch gern am Lagerfeuer,
erzählt vom fernen Abenteuer,
all' den anderen, die's nicht kennen,
und läßt dabei die Wurscht verbrennen.
Macht nix, dann ißt er halt den Wecken,
die Wurscht kann ihn am – Ärmel ziehen.
So kehrt am Abend er zurück,
genießt den Tag als großes Glück,
und denkt bei sich: jetzt kommt noch 's Bescht,
ich freue mich schon auf das Nescht,
träum von der Heimat, ach so süßen,
und meinen Bloteren an den Füßen.
Wie schon seit altersher die Väter,
ischt er ein Wiederholungstäter,
der morgen auch, mit schweren Kloben...
(alles Weitere, siehe oben).

Hegau-Bahn

Also, mir habed uns an der Aktion „Neuer Name für die Hegau-Bodenseebahn“ auch beteiligt. Mir hond jo zerscht nicht wellen, aber nochdem soviel blödsinnige Vorschläg’ beim Landratsamt eingegange sind, hond mir praktisch gar nicht mehr anderscht kennen, als ebenfalls einschreiten.
Also, „Trans-Hegau“, der „Rasende Robert“ oder gar „Seemöfe“, des kannscht doch vergesse. I mein, „Hegau-Rapid“, des laß i grad no gelte, aber trotzdem... Man kennte den Zug au „Suppen-Luise“ nenne, des täte an den Großherzog erinnere und hette was Feminines, oder „Sieglinde“ in Anlehnung an die gleichnamige Hegau-Salatkartoffel.
In den Name mueß meh Tempo nei und Kraft: „Schtreckefresser“, „Alemannenfaust“ oder „Hegau-Hammer“, aber des ischt wieder zu rabiat. Do klingt „Fahrschein-Gold“ oder „Weichen-Stolz“ oder „Schienen-Glück“ schon versöhnlicher. Goht aber auch nicht, hier fehlt der lokale Bezug. Schließlich bewegt sich des Bähnle im ländlichen Raum. Also „See-Bock“, „Roseneck-Stier“ oder „Hegau-Büffel“ wär do scho eher passend.
Me kennte jo au Bezug nemme auf unsere Landes-Schpezialitäten, also „Gurken-Flitzer“ oder „Sile-Birren-Express“ oder „Rettich-Blitz“. Aber do fehlt wieder die Verbindung zum See und bei „Wellenbrecher“ oder „Laugele-Rakete“ oder „Felchen-Düse“ kommt wieder der Hegau z’ kurz. Und bei „Ach-Potenz“ oder „Nellenburg-Trip“ bleibt der See auf der Schtrecke.
Am beschte wäre doch: „Nahverkehrsvereinigung Hegau-Bodensee“ oder „Schweizerische Bodensee-Hegau-Personenbahn“ oder „Öffentlich Schweizerische Hegau-Personen-Bodenseebahn“ oder „Helvetische Öffentliche Bodenseepersonen und Hegau-Nahverkehrsbahn“ oder „Nahverkehrshegau Bodensee-Öffentliche ...“ oder so.

Städtepartnerschaftstreffen

Die Gäschte, die hier eingetroffen,
sind teils geritten, teils geloffen,
teils geflogen, teils geschwommen,
herzlich waren sie willkommen.
Für jede Art der Freundschaft offen,
wurde gefeiert und gesungen.
Zwar konnte man hier Leute sehen,
die uns praktisch nicht verschtehen.
Denn Franzosen, Tschechen unbeschtritten,
auch Italiener oder Briten,
verschtond uns ums Verricken itten.
Bevor die alemannisch sprechen,
täten die sich den Finger im Fidlen abbrechen.
Schließlich ischt des alles wurscht,
man kennt im Ausland auch den Durscht.
Selbscht überm Kanal sei es ganz toll,
den hätten die Briten sogar manchmol voll,
wenn Marmorschtein und Eisen bricht,
warum die Italiener nicht?
Franzosen, das ist nachzulesen,
sind nie dem Wein abhold gewesen.
Nimmt man noch unseren Durscht dezue,
no gieht's en Schtuck, hosch guete Rueh.
Das läßt Europas Zukunft hoffen,
hier ischt man grenzenlos begeischtert.
Insofern war des beischpielhaft
ein Einblick in die Partnerschaft,
wo echt badische Gastfreundschaft
heut wieder einmal meischterhaft
zusammenführt die Völkerschaft
bei Trauben- und bei Gerschtensaft
und einem Fescht – ganz fabelhaft.
Bloß, morgen ischt mei Arbeitskraft
beim Schaffen wohl total geschafft.

Verkehrskonzept ÖPN

Also, i mueß sage, mit den Öffentlichen-Personen-Nahverkehrs-Projekten klappt des jo ganz prima. Die Vehikel werden dem Vernehmen nach von der Bevölkerung angenommen, des heißt, die Leite fahren tatsächlich.
Jetzt ischt aber des Fahren als solches das geringschte Problem. Was offenbar Sorge macht, ist das Ein- bzw. Ausschteigen. Mer kann natürlich schon einschteigen, aber nicht überall. Wenn man schon in einem Bähnlein fahrt, dann möchte man jo au mol ausschteigen, sonscht hette man jo erscht gar nicht einschteigen brauchen.
Aber diese Möglichkeit hot man meischtens nur zweimol. Und deswegen müssed dringend noch viel mehr Halteschtellen her. Im Grunde g'hört do all 200 Meter Luftlinie – des heißt, mir flieged jo nicht – g'höred also alle 200 Meter verlegten Gleiskörpers eine Halteschtelle her. Des macht des Zügle zwar nicht schneller, aber insgesamt attraktiver. Oder man kennte au alle Halteschtelle abschaffe, no wäre des Bähnle zwar schnell wie der Schall, aber es täte keine Sau dinnenhocken ...
Man kennte auch alle 200 Meter ein Zügle aufschtelle, einfach so, und no kennten die Leite aus- und einschteigen, so oft sie wetten, aber no täte es jo nicht fahre, und die Leit müßtet laufe. Ja, aber die Leit laufed jo jetzt auch bereits – und zwar an die beide Halteschtelle. No ischt zwar alles wie vorher, bloß nicht so billig.
Auf den erschten Silberblick könnte man jetzt monnen, daß do zwischen Theorie und Praxis eine Kluft klafft. Weit gefehlt, denn Theorie ischt, wenn mer alles weiß, aber nint klappt, und Praxis ischt, wenn alles klappt, aber keiner weiß worum. Bei unserem ÖPN ischt Theorie und Praxis vereinigt: nint klappt und keiner weiß worum.

Wanderausrüschtung

Beim Wandern gilt, ich sag's mol offen:
gut gerüschtet, ischt halb geloffen,
denn an der Ausrüschtung erkennt
man, wie sich Schpreu vom Hafer trennt.
Man braucht ein Sacktuech, oder zwei,
do packt man Pilz und Beeren ein.
Dann eine Schnur, circa zehn Meter,
wozu, das wissen nur die Götter.
Ein Nagel braucht man unbedingt,
ich weiß zwar nicht, was dieser bringt,
ich weiß nur, daß seit altersher
ein Nagel schtets vonnöten wär.
Mit dem Fernglas siehscht die mannigfachen
Sachen, die die andern machen.
Ein Regenschutz ischt auch vonnöten,
denn naß werden ja nur die andern.
Ein Pflaschter wäre zu begrüßen,
wegen den Bloteren an den Füßen.
Der Schnaps im Flachmann soll uns bleiben,
um die Waden einzureiben.
Zum Trinken Cognac – unbedingt,
weil der 's Gedärm versöhnlich schtimmt.
Das ischt bei einem Wandertag
wichtig für den, der Pilze mag.
Kompaß erweist sich sehr probat,
dann sieht mer, daß man einen hat.
Ob man jetzt singt oder auch nicht,
die Mundharmonika ischt Pflicht.
Die Taschensäge ischt von Nutzen,
will einer Landjäger verputzen.
Ein Schtapel Poschtkarten, handverlesen,
damit man sieht, wo du gewesen.
Wer ein Wandertagebuch mit sich führt,
weiß, daß des jeden interessiert.

Liest man draus vor, auch wenn's nicht paßt,
verkürzt man damit jede Rascht.
Wanderkarten braucht man nicht,
wo man schwäbisch-alemannisch schpricht,
gibt's überall ein Waldwegkenner,
schickt er dich fehl, dann war's ein Penner.
Kreuzt er dann wieder deine Schpur,
hosch ja den Nagel und die Schnur,
zeig ihm die Taschensäg', das Messer,
dann informiert der 's nägscht Mol besser.
Kurz:
Die Ausrüschtung bleibt's A und O
bei uns genau wie anderswo,
denn sie vermindert 's Risiko
und paßt in Wanderers Trikot,
ob Bundhos oder Kimono,
egal, das bleibt der Status quo,
die meischten wissen's sowieso,
jetzt ischt es dann gleich Ultimo,
und langsam bin ich richtig froh,
denn mir fällt nix mehr ein mit o.
Drum grüeß ich hier und anderswo
die Wanderer mit Holdrio.

Schiller-Express

Habed Sie schon gemerkt, daß es Züge mit Namen gibt? Die wichtigschten Züge hond sogar alle Nämen. Die anderen sind halt sogenannte „No name-trains“, wie wir Alemannen sagen. Der Name schtoht immer in Beziehung zum Zug. Also im „Barbarossa“ gibt's keinen Schpeisewagen – ischt auch klar: ...viel Schteine gab's und wenig Brot. Oder im Zug „Beethoven“ ischt der Schaffner taub.

Jetzt ischt es aber so, daß das Bahnpersonal genau auf diese Zugnämen abgeschtimmt und entschprechend geschult ischt.

In Marbach (Württemberg) fährt der Zug „Schiller“.

Ich betrete den Schalter und verlang eine Fahrkart. Dann hebt der Beamte folgendermaßen an, zu mir zu schprechen:

„So willst du treulos von mir scheiden
mit deinen holden Phantasien,
mit deinem Schmerz, mit deinen Freuden,
mit allem unerbittlich fliehn?“

„Ja, nein“, entgegne ich, „ich wette bloß eine Fahrkart.“

Er: „Wie mit flehendem Verlangen, Phygmalion den Stein umschloß?“

Ich: „Nein, ich wette sie kaufen.“

Er: „Bei all dem rauschenden Geleite, wer harrt dann liebend bei mir aus?“

Ich: „Ja, ich brauche sie halt, weil ich heimwärts sotte.“

Er: „Raum ist in der kleinsten Hütte für ein liebend glücklich Paar!“

Ich: „Des ischt mir an und für sich egal, ich wette heim.“

Er: „Wohlauf, Kamerad, aufs Perd, aufs Pferd, die Brust im Gefechte gelüftet!“

Ich: „Der Zug wäre mir entschieden lieber.“

Er:“ Am Abgrund leitet der schwindelnde Steg,
er führt zwischen Leben und Streben.
Es sperren Signale den einsamen Weg
und drohen dir ewig Verderben.“

Ich: „Ho jetzt aber. Ich bin jo nicht der Erschte, der mit einem Zug fahrt. Jetzt geben Sie mir eine Fahrkart, damit ich auf den Bahnschteig komme."

Er: „Es öffnet sich ein schauriges Tor,
du glaubst dich im Reiche der Schatten,
da tut sich ein lachend Gelände hervor,
wo die Schienenstränge sich gatten."

Ich: „Also, jetzt wäre ich echt glücklich über eine Fahrkart."

Er: „Die Welt wird nie das Glück erlauben,
als Beute wird es nur erhascht.
Entwenden mußt du's, oder rauben,
eh dich der Schaffner überrascht."

Ich : „Des ischt mir egal, dann kauf ich se halt im Zug."
Ich hocke also in den Zug, der Schaffner kommt, ich sage: „Ich wette gern eine Fahrkart."

Der Schaffner: *„Es reden und träumen die Leute viel*
von besseren, künftigen Tagen.
Sie zahlen jetzt Zuschlag und der koschtet viel,
sonscht nimm ich Sie am Kragen."

Was soll's, ich hab bezahlt. Aber dann hab ich dem genauso bleed rausgebe: „Schteuere, mutiger Zugführer, es mag der Plan dich verhöhnen und der Schaffner ziellos schtreunen durchs Gefilde.
Immer, immer nach West! Dort muß der Bahnhof sich zeigen! Traue der leitenden Schiene und folge der schweigenden Strecke! Wär sie nicht, sie schtiege jetzt aus der Erde empor! Mit St. Defizit steht die Bahn im ewigen Bunde.
Was der eine verschpricht, leischtet die andere gewiß!"
Der Schaffner hot wellen noch ebbes sage, aber grad sind mir in den Bahnhof einglaufe. Dann hab ich ihm nochgruefe: „Willscht du nicht die Herde locken mit der Pfeife munterem Klang? Sieh, der Qualm von deinen Socken schtreicht den Bahnsteig sanft entlang."
Ich hab ausschteige müesse. Gege de Schiller Fritz und mich läuft ein Verfahren.

MS-Katharina

In Friedrichshafen wird gebaut. Jo, guet, kann einer sage, bei uns au. Aber in Friedrichshafen hockt die deutsche Bahn-AG unter dem Motto „Wir baschtlen uns ein Schiff." – Au nint Bsonders, aber Schiffe tragen jo nicht bloß Anker und Motoren, Schiffe tragen auch Nämen, und do klemmt es jetzt granatenmäßig.
Des Schiff, wo se jetzt grad baued, hette neben Fahrräder und Passagieren auch den Namen „Radolfzell" tragen sotten. Des hette sich die gleichnamige Schtadt sogar fuffzigtausend Mark koschten lossen für eine behindertengerechte Einrichtung. Und genau hier hot sich die Landesregierung angeschprochen gefühlt und verzichtet. Die wollen des Schiff jetzt auf den Namen „Katharina" taufen lossen.
Dieses Kätterle sei scheint's die Frau von König Wilhelm dem Erschten von Württemberg gewesen und häbe nach den Mißernten 1816/17 versucht, die Hungersnot zu schtillen. Des ischt jo schön und recht, aber diese guete Frau kennt doch kein Mensch meh. Do hette man jo auch die Wirtin von meineren Schtammkneipe nemmen kennen. Die Gerda versucht scho seit Jahren, meinen Durscht zu schtillen und sogar vergeblich.
I mein, die Gerda hette zwar keine fuffzigtausend Mark zahlen kennen, aber ein paar Viertele wäred für die Herren von der Bahn-AG sicher auch drin g'wese. Ja, und wenn es schon eine histerische Frauengeschtalt sein mueß, no hegschtens die Frau Gemahlin von unserem Großherzog. Alles was recht ischt, aber diese „Katharina" kann doch unserer badischen Suppen-Luise nicht einmol die Kraftbrühe reichen! Ich mach jede Wette. Wenn des Schiff tatsächlich „Suppen-Luis" getauft werden täte, no hette sogar der Maggi-Suppen-Fridolin von Singen koschtenlos ein paar Fadennudlen beigeschteuert, wenn mer zur Schiffstaufe einen Brühwürfel am Bug zerschmettert hette.
Aber nei – was ich sag, des zählt jo itten. Jetzt wird mer

dieses Schiff nach der unbekannten Schwäbin benennen. Ja, und descht jo au typisch: das kenigliche Haus Württemberg zahlt dofür natürlich nint. Des sei nicht der Schtil des Hauses. Ich tät' sage, des ischt nicht der Schtil der Schwoben!
Und Radolfzell? Die gucked jetzt in die Röhre. Aber ich persönlich werde im Rahmen eineren lokalen Friedenspolitik am 18. Juni punkt 18 Uhr fuffzehn mit einem Glas Moscht den Bulldog von meinem Nochber auf den Namen „Radolfzell" und mit einem Obschtler mei Fahrrad „Suppen-Luis" taufen.
No hond se de Dreck.

Kochkünste

Es gibt Schpeisekarten, die lesen sich wie ein literarisches Schatzkästlein.
Do les ich von einem Carpaccio von Bodenseefischen. Ein Carpaccio ischt ein hauchdünnes Stück Rindfleisch und heißt so, weil des Rot von dem Fleisch die Lieblingsfarbe von einem italienischen Maler namens Carpaccio war. Was jetzt des mit Bodenseefischen am Huet hot, bleibt ein Rätsel.
Eine „kräftig akzentuierte Suppe" entpuppt sich als total versalzen oder als dermaßen scharf, do schmeckt ein ungarischer Feuer-Gulasch wie ein Grießbrei degege.
Oder ein „Wachtelbrüstchen" mit eineren „kühn komponierten Fülle". Ja, wenn's schon eine Wachtel sein muß, no möcht ich die gebroten und nicht bloß komponiert. Es gibt jo Lokale, do hockt die Wachtel am Klavier und brotet, aber sie komponiert nicht. Und was heißt schon „kühn"? Ischt jetzt die Schpeisekarte kühn, oder hot der z' viel Pfeffer in die Füllung g'schmisse?
Ja, was soll eigentlich ein „Gemüsebouquet mit Maiskrusteln"? Die solled des Gmües gfälligscht koche und nicht bloß z'ammebinde und gekruschtelter Mais – nein danke.
Also, bevor ich mir den Magen wegen einem „Hechtsoufflé mit Krebsschaumsoße" verrenke, tät ich mir vorher an einem „gratinierten Brennesselsüppchen" 's Maul verbrenne.
De Gipfel ischt jo ein „Rinderfilet St. Amour". Erschtens gibt es überhaupt kon „St. Amour", und wenn des Rinderfilet bloß „Amour" heißt, no könnet se jo glei zuegebe, daß des von einem Zuchtbullen schtammt. Und was heißt scho „Gemüseterrine"! Mir essed 's Gmües au aus de Schüssel und nicht vom Veschperbrettle.
Was sollen eigentlich „Lachsforellenklößchen auf schwarzen Nudeln mit eineren Safransoße"? I mein, am Mäntig ischt bei uns au Reschtlestag, aber schwarze Nudlen sind verbrennt, und die machscht du mit eineren Safransoße auch nicht heller.

Der Nochtisch gibt jo die meischten Rätsel auf.
„Minzparfait mit Beeren". Was ischt jetzt um Gotts Wille ein „Minzparfait"? Und handlet es sich bei den Beeren um Erd-, Heidel-, Him-, Stachel-, Johannis-, Preisel- oder Vogelbeeren? Do lob ich mir schon „Bodensee-Erdbeeren auf Kiwisoße", obwohl ich im Bodensee noch keine gottsige Erdbeere gfunde hab. Aber do gibt's jo zur Auswahl immer noch das „Rosensorbet" für die, wo das Tischgeschteck entsorgen möchten.
Also, die Leit, die solche Kompositionen esse müssed, dond mir leid. Aber zum Glück gibt's von dem Zeig meischt nur winzige Portionen, so daß eventuellen Schpätschäden mit einem kräftig akzentuierten Schmalzbrot begegnet werden kann.
Guten Appetit!

Sozio-kulturelle Aspekte einer Städtepartnerschaft

So eine Partnerschaft sind Sache
zum billig einen Urlaub mache.
Mir kommed in Europa drum
scho johrelang recht günschtig rum.
Mir fahred los, dann sind mer da,
dann riefed mer: Constantia!
Dann schtreitet man sich ums Quartier,
dann trinkt mer mohl ein Gläsle Bier.
Die Gaschtfamilie füllt den Humpen,
denn schließlich lond die sich nicht lumpen.
Wenn es auch mit der Sprache klemmt,
do sind mir völlig ungehemmt.
Ich veschpere mit einem Opa
und sag dem ab und zue: „Europa"!
Der hört nint, also mueß ich brüllen,
no duet der mir den Becher füllen.
Wirft au ein Fleisch noch in die Pfanne
für mich, denn ich bin Alemanne.
So kann mer die Familien teschten,
die tätet om am liebschten mäschten,
und des drei Wochen umeinsunscht,
bis nägschtes Johr du wieder kunnscht.
Drum ischt „Europa" nie verkehrt,
mir ischt des diesen Aufwand wert.

Heimattag

Am Heimattag ischt amelt 's Bescht
das Wiedersehn beim großen Fescht.
Z' erscht wird am Umzug tapfer g'loffen
und dann im Anschluß kräftig g'feiert.
Und dann schtimmt man so dann und wann
ein Loblied auf die Heimat an.
Manch einer denkt vielleicht dabei,
daß Heimattag was Geschtrig's sei,
ein recht altbacknes Unterfangen
von Schpinnenpopelen behangen.
So einem sag ich frank und frei,
daß dies wohl nicht ganz richtig sei.
Die Heimat ischt mehr als ein Tänzchen,
mehr als im Hoor ein Blumenkränzchen,
mehr als ein Lied im g'mischte Chor,
mehr als mein Vortrag und Humor.
Heimat bleibt zu jeder Zeit
e' Herzensangelegenheit,
und des jetzt nur mol insoweit,
weil uns die Heimat einfach freit,
und it bloß a' me Tag wie heit.
Sei es die badisch Regsamkeit,
oder die schwäbisch Schparsamkeit,
des Unterlands Beschaulichkeit,
des Oberlandes Wertarbeit,
des Hotzenwälders Höflichkeit,
des Hochrheins Unbefangenheit,
vom Bodensee die Fröhlichkeit,
der Ortenau Aufrichtigkeit,
am Oberrhein Besonnenheit.
Wo alles des so schön gedeiht,
entschteht in Regelmäßigkeit,

gestattet mir die Offenheit,
e' Mischung jetzt und allezeit
heimatlicher Glückseligkeit.
Ich hab jetzt eine Schwierigkeit,
'S gibt zwar noch Wörter, die mit „eit“
sich reimen täten jederzeit,
doch laß ich dieses jetzt für heit,
sonscht grieg ich eine Heiserkeit,
ganz abgsehe von der Kopfarbeit.
Was Heimat sei, ischt schwer zu sagen,
drum möchte ich es auch nicht wagen.
Vielleicht ischt Heimat: tausend Pflanzen
in allen Inschtanzen im ganzen Ranzen.
Eins aber muß uns innewerden:
wir alle sind bloß Gascht auf Erden.
Denk, wenn d' den Lebensweg durchwanderscht:
daheim sind mir mol ganz wo anderscht.
Und selle, wo dert dernen wohnen,
kommen aus allen Nationen.
Ob Remstal oder Senegal,
ischt, glaub im Himmel wurschtegal.
Schau, deshalb können wir dohernen
vom Leben dernen ebbes lernen:
Heimatrecht in Land und Schtadt
braucht au de sell, der keins mehr hat.
Drum sotten mir ganz allgemein
in diesem Punkt nicht kleinlich sein.
Ob's om jetzt recht ischt oder nit:
am End nimmt keiner ebbes mit.
So sei für uns in dieser Runde
die Toleranz Gebot der Schtunde.
Des war mir wichtig, liebe Leit,
denn was geseit g'hört, g'hört geseit.
Mir selber goht's am Bodesee,
wie dem gewissen Erwin T.,
Minischterpräsident zu nenne,
der ei' oder ander wird ihn kenne...
Ihm ischt in Spaichingen Heimat beschieden,

und ich komm aus Wurmlingen, weiter im Süden.
Er schafft im Stuttgarter Milljöh,
ich wohn und schaff am Bodesee.
Daran erkennt nun jedes Kind,
daß mir zwei Gaschtarbeiter sind.
Zum Heimattag kamen mir heit,
weil es do Wurscht und Wecken geit.
Und weil's so schön ischt, trinked mir
vielleicht au no e' Fläschle Bier
auf diesen schöne Heimattag,
dem letschtlich nur am Herze lag,
mit Lied und Tanz und solche Sache
dem Land ein Kompliment zu mache.
Des Ländle ischt und bleibt mein Schwarm.
Am liebschte nähm's ich in de Arm
und tät vor lauter Freud' am Lebe,
wenn's ging, jedem e' Ahle gebe.
Die schwabensische Freude am Menscheschlag
begründet diesen Heimattag.
In diesem Sinn wünsch ich de Leit
im Land viel Schpaß und e guete Zeit.

Beitrag zum Heimattag Baden Württemberg 1996
in Weil der Stadt

Die schwäbischen Brüder

Sie bringed ‘s oige Möschtle
und mached laufend Pröschtle
und lond sich nit verdrießele
ab in de See zum Biesele.
Nicht denkend, wenn se hoimwärts gond,
daß sie des Briehle saufe mond.

Herbscht

Wenn die Nebel wieder ziehen,
und wenn die Tourischten fliehen,
wenn die Schwalben südwärts fliegen,
weil sie hier den Schnupfen kriegen,
wenn der Glühwurm nicht mehr blinkt,
weil auch ihm das Klima schtinkt,
wenn Wurm und Schpinne und so Sachen
und Schnoken eine Mücke machen,
wenn die Blätter an den Bäumen
zunächst in bunten Farben träumen,
schließlich obenaben keien,
dann ischt wieder Herbscht im Freien.

Allerheiligen

Troschtlos ist es auf den Feldern,
troschtlos schtehen schtill die Wälder,
troschtlos wir die Köpfe senken,
wenn der Toten wir gedenken.
Ich verschtehe zwar die Trauer,
schaut man aber mal genauer,
stchellt man fescht : 's ischt halb so trischt,
weil es Allerheiligen ischt.
Allerheiligen will uns sagen,
daß wir nicht alleine tragen
an den Laschten und den Plagen.
Allerheiligen bedeutet,
wenn das Totenglöcklein läutet,
daß es über Grab und Sorgen
Hoffnung gäbe auf ein Morgen.
Allerheiligen – Tag der Gnaden,
wo zum Feschte wir geladen
nach der Wanderung auf Erden,
mit all den anderen selig werden,
die schon vor uns – teils mit Bangen –
ihren Lebensweg gegangen,
immer in der Zuversicht:
am End' des Tunnels ischt ein Licht.
Wir sollen uns mit den Getreuen
auf ein Wiedersehen freuen.
Wiedersehen, welch ein Segen!
Ich bin g'schpannt auf die Kollegen:
auf de Peter und de Paul,
auf de Martin mit seim Gaul,
der als Soldat und tapferer Chrischt
mir bis heut ein Vorbild ischt.
Auf de Chrischtoph und des Kind,
die auf Reisen mir Begleiter sind.
Auf de Heilig Nepomuk,

der Wächter ischt an jedere Bruck.
Auf de Antonius zum Schluß,
der mir beim Sueche helfe muß.
Auf de Gallus und sein Bär,
auf de Longinus mit' em Speer,
auf de Rochus mit' em Hund,
auf de Sebaschtian und, und, und.
Und auf mei' Tante freu me au
und auf mein Opa und sei Frau
und auf soviel Type aller Arte,
die derweil halt auf mich warted,
und die mir in meinem Leben
nahe sind und mich umgeben.
Allerheilige will uns lernen:
freu dich hernen schon auf dernen.

Winter

Winterschport

Also, mir sind auf den Winter beschtens vorbereitet. I gang seit Allerheilige jede Woch in d' Schi-Gymnaschtik, renn jede Morge um sechse 14 km durch de Wald, üb' mit de Kinder Abfahrtslauf in de Garage, und mei Frau schaut sich im Fernseher jedes Hahnekammrenne an.
Aber zerscht hond mer mol müeße ausmischte. Schi, Schischueh und Schianzug und des ganz Glump hond mer auf Weihnachten ins Asylanteheim gebe. Wer weiß, 's hot au scho am Bodensee gschneit... Die Ausrüschtung war zwar erscht zwei Johr alt und no pfenniigganz – aber gelb. Ja, und in Gelb kann mer sich in diesem Winter auf keineren Pischte sehen losse. Blau, Grün und Rot für mich, meine Frau ganz in Rosenholz, Hummer und Mint und d' Kinder in Brombeer und Efeu – so hot mer's des Johr.
Mit meineren Schibrille rennt jetzt einer aus dem Ghana rum – die war zwar beschlagfrei und schlagfescht, aber nicht kugelsicher, und des ischt heite der Schtandard. Wie gsagt, mit unsere Schi schpieled jetzt Türkekinder – die hond ein Mords-Schpaß. Meine neuen Bretter hond jetzt diesen Gummi-Regulator wege de Schpannungsfreiheit zum eine und eineren anschtändigen Absorber-Technologie zum anderen.
Jetzt, bei meiner Frau kommt's vor allem auf die Schpur-Treue an – isch jo klar. Auf jede Fall hot se jetzt en solide Absorber-Power-Floater mit entschprechenden Torsoelementen im Schaufel- und Endbereich, also genau dert, wo se nahg'höred.
Bei unsere Kinder setz ich nach wie vor auf Integraltechnik, als variable Seitewange und ausgeprägte Taillierung mit dämpfender Ummantelung im Bindungsbereich.
D' Schisocke hond mer vu de Oma auf Weihnachte griegt.

Aber mit de Schischueh isches e' bsondere Sach: man schtelle sich vor, mir hond noch tatsächlich diese völlig veraltete Schueh zum Obe-nei-schteige g'het, also die sogenannte „Zentraleinschteiger". Wie will mer mit so einem Schlappe einen sauberen Schwung auf die Pischte bringe?
Do gibt's nur eins: der Heck-Einschteiger mit einem Fersen-Rischt-Zugsyschtem und eineren Druckplatte an der Archillessehne, daß mer se au schpürt. Die Globe dond zwar granatenmäßig weh, aber mer hot halt was am Fueß.
Z' Davos hond mir unser Chalet im Auguscht bereits reserviert. Des ischt halt e Sach für Schneesüchtige: sportlich in der Höhe – gemütlich im Tal! Do gibt's nint. Ja, und jetzt?
D' Kinder hond Fieber und sind verrotzlet, mei Frau hot de Fueß verschtaucht, und i hab en Mage, als ob ich von der Weihnachtsgans d' Federe vertwischt hette. Und jetzt hocken mir auf der grasgrünen Insel Reichenau und schpieled de ganz Tag Mau-Mau.
So isch's halt im Leben: mer kann nicht alles haben wellen!

Katzenfreunde

Also, mir haben deheim auch eine Katze, do gibt's nint. Und zwar einen unkaschtrierten Kater – scho allein wege der Nochberschaft. Aber wenn ich so hör, welche Affenliebe man der Katze entgegenbringt, dann ischt die echt ein armer Hund. Katzenklo, Katzenfrisör, Katzenmode, Katzennahrung – also wenn ich des schon hör!

So was kommt bei uns nicht in Frage! Bei uns heißt's: artgerechte Tierhaltung. Die soll sich austoben können und Mäuse fange, des ischt gsund. Ich mein, eigentlich lossen mir die nur ungern naus, wegen dem Pollenflug und dem Keuchhuschten. Die bekommt zweimal am Tag ihr Katzenmäntele an, und dann führ ich die an der Leine schpazieren. Und gefressen wird, was auf den Tisch kommt. Also, wenn's bei uns einmol gedünschtete Hühnerleber an Buttererbschen gibt, dann müssen wir die vorher abfütteren, sonscht goht die uns nicht mehr vom Eßtisch runter. – Na ja, meischtens kriegt die meine Leberlein au noch, dann eß ich halt bloß Buttererbschen. Hauptsach, des Tierle fühlt sich wohl – wie zum Beischpiel auf unserer Sitzgarnitur. Dert hat sie zwar schon den halben Velour rausgrisse, aber des braucht sie wege der Krallenbildung.

Seit letschter Woche liegt die jeden obend um siebene den lang geschtreckten Weg mitten auf meinem Fernsehschtammplatz. Do können mir nicht mehr hinhocken. Des ischt aber egal, mir nemmen ein Kissen und hocked halt jetzt vor der Polschtergarnitur auf dem Boden. Meine liebe Frau und ich gucken, daß mir auf d' Nacht vor der Katze ins Bett kommed, denn wenn der Muckele schon drin liegt, dann mueß einer von uns auf 'em Sofa schlofe. Und wenn sie schpäter kommt, dann liegt sie halt im Gräbele. Übrigens sind Katzenhoore im Bett nicht ungesund, sondern bloß eine reine Sache der Gewöhnung.

Ja, wenn man schon so ein Tierle hot, dann mueß man sich auch artengerecht verhalten. Oder?

Winterdepressionen

Jetzt hette ich mol gern eine Frog:
Haben Sie ihre Winterdepression schon hinter sich, schtekken Sie mittendrin, oder schaued Sie Kabelfernsehen?
Allenthalben greifen doch jetzt diese Winterdepressionen um sich – wohin man schaut: ein Blick in die Schtaatskasse = Depressionen, Schtädte und Gemeinden = Depressionen, das Weihnachtsgeld schon im Advent beim Teufel = Depressionen. Die Regierung greift sich an den Kopf und faßt ins Leere, und auch dieses verursacht Depressionen.
Die nicht-öffentliche Hand diverser Politiker sackt den doppleten Lohn ein, und die öffentliche Hand wirft auf den Haufen – ganz offiziell – noch einen Batze drauf, und wenn mer die Herrschaften daraufhin anschpricht, reagieren diese – depressiv.
Im Fußball dasselbe.
Mißglückter Transfer, und das Jahresgehalt eines hängenden Linksaußen schrumpft auf lumpige fünf Millionen zusammen, bevor der recht gucken kann. Folge? – Depressionen, ischt doch verschtändlich.
Ja, und erscht unser Hund! Der schleicht ums Haus durch de Nebel und sieht die Hand vor Augen nicht. Des wär jo weiter nicht schlimm, weil ich praktisch die öffentliche Hand von unserm Hund bin. Aber trotzdem: Winterdepression. Die Raben hocken luschtlos auf dem Birrenbom und hond absolut keinen Bock auf nint: Depression! Selbscht der Bodenseefelchen – im Sommer noch mit Mandelschplitter gefeiert – ist total depressiv. Die öffentliche Hand des Felchens ischt jo der Fischer. Ich mein, die Depression des Felchens kann ich gut verschtehen, denn uns goht's doch haargenau wie ihm: auch mir werden ausgenommen, und das deprimiert elendiglich.
Aber so war's jo schon zu allenen Zeiten:
die Großen tränkt man, die Kleinen läßt man saufen.

Weihnachtsmarkt

E knappe Woch vor Nikolaus
ischt der Einzelhandel außer Haus.
Jetzt, im Advent bemerkt man sie,
die Schrebergartenkolonie.
Im ganze Land und uferlos
als Weihnachtsmarkt auf jedere Schtroß.
Mit blaue Ohre, rotem Kopf
hockt jeder vor 'me kleine Schopf.
Auf Schritt und Tritt hörscht überall:
o komm, o komm zu meinem Schtall!
Ihr werdet in Weihnachtsgefühle gehüllt
und mit Glühwein abgefüllt.
Isch's dir dann immer noch nicht schlecht,
kommt eine Grillwurscht grade recht.
Do e Kämmle, dert e Bürschtle,
ebs fürs Hüngerle, ebs fürs Dürschtle.
Ebs fürs Dürschtle? denkt der Zecher,
also trinkt mer mol en Becher.
Do e Krüegle, dert e Zweigle,
Chrischtbomkerze – ganze Beigle.
Do e Guezele, dert e Ferzle,
en Nikolaus als Wunderkerzle.
Mit Chrischtbäm gond die ge hausiere,
monsch, d' Schtadt tät Bese ausschussiere.
Do e Tännle, dert e Fichtle,
guck der Schtecke – ein Gedichtle!
Der Bom ischt prima, guete Ma,
der nodlet nit, s' hot kone dra.
Und gege d Kälte, sell schtoht fescht,
war schon immer Glühwein s' Bescht.
Schau des schöne Krippele.
Guck emol des Püppele.
do die schöne Deckele,
dert e Henneseckele.

Schau die Glasfigürle,
guck des Kuckucksührle.
Aber hosch en kalte Grind,
hilft halt außer Glühwein nint.
Etzt guck emol die Gläsle,
’s geit au scho Oschterhäsle.
Schau des Briefbeschwererle,
de Zwerg als Rauchverzehrerle.
Des gschnitzt Figürle, des ischt schee
(Made in Honkong-PVC).
Kalte Nase, kalte Hand:
nint wie ab an Glühweinschtand.
Guck emol des Röckele,
dert die blaue Söckele.
Und du griegscht trotz Tanneduft
langsam gnueg und fascht kei Luft.
Selbscht den Weihnachtsschtern dert hinte
siehscht du langsam jetzt verschwinde
und schon leicht nach vorn geneigt,
spürscht, wie der Glühwein Wirkung zeigt.
Wenn ich so hom kumm, des geit Krach,
de Lautschprecher singt: O selige Nacht...
So wie ich hang in Mantel und Huet,
wär ich jetzt als Lametta guet.
Ich denk noch beim Geschtaltenwandel:
ein Prosit auf den Einzelhandel!

Weihnachtsjubel

Jetzt ischt sie bald da, die Weihnachtszeit, das Fescht der Freude und des allseitigen Jubels.
Der Einzelhandel jubelt über den Umsatz, der Tourischt jubelt, weil es keine Schnoken mehr hot, und ich juble, weil es fascht keine Urlauber mehr gibt.
In diesen Jubel und das Frohlocken allenthalben fällt nun die Zeit der Liebe und des Friedens.
Liebe und Frieden finden ihren Ausdruck vor allem in Geschenken, und zwar in Geschenken, die mer sich auch leischten kann.
Zum Beischpiel „Zeit“ verschenken, goht nicht, weil die heute keiner hot. Was mer nicht hat, kann mer auch nicht verschenken.
Genauso ischt es jo auch mit der Versöhnungsbereitschaft oder mit der Toleranz oder mit der Vergebung usw.
Ja, und jetzt?
Jetzt bleibt einem immer noch die Videokamera, der Computer oder der Pelzmantel übrig oder für die Kinder den Kampfpanzer und die Zimmer-Flak, als Zeichen der Liebe.
Was will mer machen?
Die Hauptsache ischt und bleibt doch in dieser Weihnachtszeit der Jubel.

Brief an den Radio

Lieber Radio,
also Euere Hörschpiele finden mir granatenmäßig guet. Des erinnert uns so richtig an früher, wo mir als Kinder manchmol haben ausnahmsweis am Obend aufbleiben dürfen und Radio losen. Jedes Mol am Sunntigmittag habed mir Euer Hörschpiel g'horcht.
Was ich noch hab sagen wellen: wenn Ihr wettet, kenntet Ihr ruhig au mal zu uns heimkomme. Mir haben zwei kleine Kinder, ein Kater und wohnen zur Miete. Bei uns vergoht kaum ein hörschpielreifer Tag! Bei 's Müllers, was unsere Nochber sind, goht es auch nicht anders her und zue. Mir grenzen mit der Küche ans Nochbers Schlofzimmer. Seit die in unserem Haus wohnen, haben mir die alte Hörschpieltradition wieder aufgenommen. Da hören mir Sachen, die gar nicht sendefähig wären. Mir saged jo nint, aber des derf man noch sage... Meischtens lieged mir im Nescht und höred Radiowecker, und mir müssen Euch einmol sagen: Aber Hallo! Mached also ruhig weiter so. Jetzt wetten mir noch schnell sagen, warum mir uns bei Euch gemeldet haben. Also, Huet ab vor den Leuten, die das Hörschpiel hersagen müssen – oder heißt es „aufsagen"?
Mein lieber Scholli, das mueß einer aber auch können! Do braucht mir keiner etwas verzellen. Ich habe als Kind früher bei der Weihnachtsfeier vom VDK Gedichte vorgetragen und weiß, was des heißt. Ja, und die sellen, wo immer diese herrlichen Geräusche machen! Mir frogen uns, wo auch die dieses Zeug alles herbekommen. Des klingt ja wie echt und paßt fascht immer. Den Geräuschlingen ischt das scheinbar wurschtegal, wo das Hörschpiel schpielt. Die haben die Wüschte genauso wie den Himalaya in der Schublade oder das Cap der guten Hoffnung und das Höllental – und das ischt eine Leischtung! Ja, und die Mannen, die wo da dahinter schtehen: der, wo des aufnimmt, der, wo des geschrieben hat, der, wo des in das Programm nimmt, und die sellen, wo

des ankündigen und abschpielen, und alle anderen bis zu mir in den Radiowecker! Sagen Sie allenen einen Grueß vom Bodensee, und sie sollen ruhig so weitermachen, und sagen Sie denen auch, daß mir den „Musikantenschtadel", den „Großen Preis," den „Tatort" und den „Verschtehen Sie Schpaß" am liebschten hören.

Der Bäcker, das unbekannte Wesen

Der Bäcker ischt – aus Tradition,
der Frühaufschteher der Nation.
Der Bergmann schläft, es schläft der Schmied,
sogar Beamte sind noch müd,
selbscht Kanzler und Minister pennen,
allein der Bäcker ischt am Rennen.
Ringsumher ist schtille Nacht,
alles schläft – der Bäcker wacht.
Er hängt, wenn noch die Drossel schweigt,
mit beiden Vorderfüß im Teig.
Wenn andere beim Frühstück schwelgen,
goht der Bäcker auf den Felgen.
Das Brezetle in meinen Pranken,
hab seinem Fleiß ich zu verdanken.
Ohne sein Weckle tät ich indessen,
das Träublesg'sälz mit Löffeln essen.
Müßt ich mich so durchs Frühstück schleppen,
tät mir der Magen zemmenpeppen.
Hier nützt des Bäckers Weltanschuung
dem Wohlergehn, nebscht der Verdauung.
Jetzt gibt's jo Leut, die von sich geben:
man kann auch ohne Bäcker leben.
Und Kuchen mache jo bloß dick,
und 's bescht Brot käm aus der Fabrik.
Wie derlei Argument beweist,
entschpringt dies einem kleinen Geischt.
Dann aber gibt es solche Knicker
(ich nenn sie hier die Körnlespicker),
die fahren auf der Grünkern-Schiene:
„Philosophie der Vitamine".
Des Lebens Sinn, bekennt man offen,
liegt einzig in den Ballaststoffen.

‘s wird selbscht gebacken und gemahlen,
nach dem Rezept von Kannibalen.
So wird aufs Zehntel ausgelotet,
wie welches Korn warum man schrotet,
und ob bei abnehmendem Mond
sichs Essen überhaupt noch lohnt.
Und wie bekommt man Bio-Maden
aus Grünkern-Kefir-Kümmelfladen?
Indessen ischt das Mahl bereitet,
es wird zum Ofen man geleitet,
und jener grünlich-graue Bollen
entpuppt sich als ein Weihnachtsschtollen.
Er läßt vom Blech sich kaum bewegen,
ein Hohlblock ist ein Sch... dagegen.
So ein Gebäck, läßt man sich's munden,
beschert om unvergeßne Stunden.
Es schmeckt noch nint, wirkt augenblicklich,
man pflegt den Durchfall und ist glücklich.
Die Hämorrhoide folgt notorisch.
Ich meditier sie metaphorisch
und denke mir im Bio-Fieber:
ein echter Bäcker ischt mir lieber.

Der Fernseher

Also, wegen uns täte man keinen Fernseher brauchen. Mir schaued so guet wie nie. Tagsüber schaffed mir, nachts schlofen mir, und selle paar Schtündle am Obed falled gar nicht ins Gewicht. Mir schauen praktisch bloß temporär, oder högschtens mol von Zeit zu Zeit. Von doher kann uns die Glotze überhaupt nicht beeinflusse. Mir finded zum Beischpiel die Brutalitäten im Fernseher echt brutal. Do sind mir doch Obend für Obend demit konfrontiert – und zwar gnadenlos! Des ischt doch nicht richtig! Aber was willscht mache? Gar nint! Des mueß mer halt hinnehmen wie das Wetter. Uns frogt jo keiner. Mir gleich, ich gang seit Neieschtem sowieso bloß noch mit dem Schtilett auf die Schtroße – des ischt doch klar: da draußen ischt der Dschungel!
Aber diese Show-Sendungen sind jo au langweilig. Der geballte Schwachsinn! Und do hockscht genauso devor und bischt ausgeliefert und kannscht nint mache. Die könned im Fernseher den letschten Schund bringe, und mir hangen machtlos devor wie ein Sechser-Schick. Zu Dallas- und Dämpfer-Zeiten, do hot mer wenigschtens noch ein Rescht anschpruchsvoller Unterhaltung g'het, aber heut? Die bringed jo nicht einmol mehr das „Schweinchen Dick", do sind so schee die Fetze g'floge. Wenn au der Rambo serienmäßig rambonieren täte, no het mer wenigschtens e bisßle was zum Lache, aber so? I mein, der Frühschtücksfernseher hot au was für sich. Man kann ab Sechse gucken und braucht während dem Kaffee keine Zeitung mehr lese. Mir hetten se jo schon längscht abbschtellt, aber halt wegem Fernsehprogramm...
Mir hond jo bis vor kurzem bloß ein Fernseher in der Schtube und im Kinderzimmer besessen, bis uns das Chrischtkindle s' letscht Johr au einer fürs Schlofzimmer gebrocht hot. Des ischt eine feine Sach. Seither wird zwar nicht mehr gschwätzt miteinand, aber auch nicht mehr geschtritten. Jeder hockt vor seinem Apparat, und no ischt eine Rueh.

Wegen mir, wie gsagt, bräucht mer jo kein Fernseher, aber was mich in diesem Zusammehang am meischten aufregt, ischt, wenn der Nochber einfach rüberkomme will zum Schwätze. Als ob ich nint Bessers zu tun hätte! Der hält sich nicht mol an die Werbeblöcke! Jetzt hab ich extra wegen dem Kopfhörer kaufen müssen, damit der mont, es wär keiner daheim.
Ich bin jo geschpannt. Auf dem Klo habed mir noch kon Fernseher, aber wer weiß: das nägschte Chrischtkindle kommt beschtimmt !

Stadtarchäologie

In Konschtanz forscht man wie noch nie
in Sachen Archäologie.
Man gräbt im Boden noch und nöcher –
vor allem in de Güllenlöcher.
In Güllenlöchern – descht nint Neis –
find't mer zum achz'g Prozent halt Mutterboden.
In einer wahren Schternenschtunde
hond die zwei Eierschale g'funde,
fascht unbeschädigt, obwohl organisch,
von einer Suppenhenne – spätromanisch.
E Saite vu me Tennisschläger,
en schpätbarocke Hoseträger,
e Schtückle Seil vom Glocketurm
und en verschtickte Regewurm,
zwei Note auseme alte Psalter,
en schpätrömische Sockehalter.
Ein originales Fundament
von einem Haus, das keiner kennt.
Vom Rock Napoleons e Franse,
ein Lippenschtift der Renaissannze.
Wo man auch gräbt zu jeder Schtund,
in Konschtanz macht man einen Fund.
Die Schtadt, das sieht der Steuerzahler,
gleicht langsam einem Emmentaler.
Für die, die an der Grabung wohnen,
ischt das der Fluch der Pharaonen.
Moral:
Man kann schon heit verbindlich sagen,
daß es bereits vor Jahr und Tagen
in dieser Schtadt ganz sicherlich
Leit gebe hot wie Du und ich.

Gratulant

Wir sind hier zum Jubilieren
und dem Freund zu gratulieren.
Uns am Fest zu delektieren,
die Gesellschaft visitieren,
auch ein Gläschen Wein probieren
und ein zweites vergustieren
und auch ein drittes anvisieren
und ein viertes arrangieren
und ein fünftes zu forcieren,
auch bei sechs nicht zu stagnieren,
wobei wir dann auf allen Vieren
das Lied vom Kufstein intonieren
und von den Brötchen, die kursieren,
so zwischendurch eins konsumieren.
Nun reimt sich halt auf Brot und Wurst
seit je am allerbesten: Durst.
Sich ein Gläschen zu kreieren,
wird wohl keinen hier blamieren.
Auch ein siebtes zum Trainieren.
Das achte kann mich motivieren,
heut ein neuntes zu riskieren.
Um ein zehntes zu negieren,
muß man das elfte akzeptieren,
wobei nun Lieder hier kursieren,
die Richtung „So ein Tag..." tendieren.
Soll dieses Fest sich heut rentieren,
wird's Zeit, ein Wurstbrot sich zu schmieren.
Doch wie gesagt, es reimt auf Wurst
sich nach wie vor am besten: Durst.
Ein zwölftes Gläslein schnabulieren,
auch Nummer dreizehn tolerieren
und Nummer vierzehn avancieren,
um mit der sechzehn zu brillieren.

Das Gläslein siebzehn kalkulieren,
das achzehnte zu reservieren,
das neunzehnte zu integrieren,
das zwanzigste sei für die Nieren.
Die Lieder, die nun dominieren,
kann keiner, der da singt, kapieren.
Der Magen fordert nun Tribut,
jetzt wär, denk ich, ein Wurstbrot gut.
Wie schon erwähnt, es reimt sich auf Wurst,
wie dem auch sei, am besten: Durst.
Das zwanzigste Glas zum Stimulieren,
bei einundzwanzig Text sortieren,
bei zweiundzwanzig variieren,
bei dreiundzwanzig leicht vibrieren
und die vierundzwanzig okkupieren.
Wo fünfundzwanzig residieren,
sind auch zwanzig und sechs zu realisieren.
Um für siebenundzwanzig zu plädieren,
kann man auch zwanzig und acht riskieren.
Bei neunundzwanzig Durst markieren,
die dreißig soll den Rausch mir zieren.
Die Lieder, die wir nun lavieren,
sind kaum zu identifizieren,
denn was wir nunmehr komponieren,
entstammt der Welt von wilden Tieren.
Als Lied nun kaum zu tolerieren,
hört man vereinzelt tirilieren.
Der Rest wird schnarchend hier pausieren
oder am Durste laborieren.
Bevor dies alles wird passieren,
wollen wir herzlich gratulieren.

Rundfunkgerätebenützer

Sehr verehrte Zuhörerinnen und Zuhörer,
viele Zuschriften, Anrufe, Faxe und Telegramme veranlassen uns, Ihnen heute einige Tips für einen optimalen Empfang unseres Senders zu geben. Wir setzen voraus, daß Sie Ihre Drahtantenne am FM 75 Omega bei MHC 1400 und die Lautsprecher bei FH-B-77 und FH-B-70 CD in die Schienen eingeschoben haben. Schließen Sie nun den IEC-Normstekker des 75 Ohm-Koaxialkabels der Außenantenne an die FM 75 Omega-Klemme an. Hierzu ein wichtiger Hinweis: Sie sollten weder das Erdungskabel an die Gasleitung noch die Gasleitung an das Gerät anschließen, da ansonsten für Sie und Ihr Gerät enorme Beeinträchtigungen zu befürchten sind. Ihr MW-Empfangsraster ist werkseitig auf 9 kHz voreingestellt und müßte demzufolge in einem Land mit anderem Frequenzraster entsprechend entriegelt und umgerastert werden. Am besten also, Sie bleiben zu Hause.
Um das Clock-Set in der Kontinentaleuropa-Version in Gang zu setzen, betätigen Sie den Preset-Timer. Verfügt Ihr Gerät über ein Display, drücken Sie jetzt das Clock-Display. Die Uhrzeit ist dann einige Jahre im Display zu sehen, verschwindet aber danach wieder. Bei unterbrochener Stromversorgung wird in der Regel auch Ihr Hochleistungsgerät in Mitleidenschaft gezogen. Sie können das, selbst bei subtilsten technischen Kenntnissen, ohne weiteres registrieren, wenn sich die Tonqualität verschlechtert oder sich das akustische Raumvolumen verringert... oder wenn es gar zur totalen Funkstille kommt. Ähnliche Erscheinungen können auftreten, wenn Ihre Kontinentaleuropa-Version eines Rundfunkempfängers durch Störungen von außen beeinflußt wird. Sollten in Ihr Gerät, was durchaus passieren kann, Soßen, klare Brühen oder sonstige handelsübliche Suppen gelangen, schalten Sie das Gerät nicht ab!
Versuchen Sie über die Systemrückstelltaste an die Einlagen wie Spätzle, Knödel oder Fadennudeln zu kommen.

Anders ist es, wenn Ihr Gerät mit fester Nahrung in Kontakt kommt. Bei Fisch den Presettimer einschalten, bei Fleisch und Käse die 75 Omegaklemme erst ab- dann umklemmen und Geflügel erwürgen Sie mit dem Koaxialkabel. Vorsicht bei Wild! Um an den Lautsprechern keinen Schaden zu riskieren nehmen Sie diese aus der FH B-77 und FH B-70 Schienen heraus und schieben Sie diese erst wieder nach der Brunft ein.
Das Gerät wird dann auf den werkseitigen Ausgangszustand zurückversetzt und arbeitet wieder normal. Sie sehen, es ist alles ganz einfach.

Kleine europäische Wirtschaftskunde

Nochdem nun also auch unser Nochberland Öschterreich den Weg noch Europa eingeschlagen hot, sind sie jetzt unweigerlich dabei. Da jo die Iberer schon immer bei den Kelten gefischt habed, dürfen jetzt auch die Öschterreicher bei den Luxemburgern angle. Von mir aus.
Ich mein, einerseits sind die Öschterreicher zwar die Zulus des Nordens, andererseits sind's halt Öschterreicher. Aber trotzdem.
Mir verdanken es ihnen immerhin, daß der Bodensee z'mitz in eineren echten Euregio liegt. Das heißt, in eineren halbechten, weil die schweizerischen und norwegischen Uferzonen nicht zu Europa gerechnet werden. Folglich gehöred die Genannten bloß zu eineren lumpigen Regio. Und des alles bloß, weil die Schweizer bei den Kelten nicht fischen wollen! Oder vermutlich, weil die Griechen mit den Schotten finnische Tomaten nach Portugal exportieren und die Franzosen mit den Deutsch-, Ir-, Nieder- und Engländern in Belgien schwedische Mandarinen nach Öschterreich verscherblen können und die öschterreichische Kokosnuß die italienischen Märkte überschwemmt.
Jetzt müssen die Norweger ihre Bananen nach Panama verkaufen und dem schweizerischen Zuckerrohr schteht nur noch der Wirtschaftskorridor nach Marokko offen. Eine wirtschaftliche Kooperation mit der isländischen Fruit-Companie ischt ein für allemal ausgeschlossen, weil die Luxemburger ihre Ananas auf den türkischen Markt werfen. Und aus all dem ist jetzt auch Öschterreich fein heraus, weil sie drin sind.
Dieses Europa ist einfach eine granatenmäßig gute, und vor allem leicht verschtändliche Sache. Oder?

Fasnetszeit

Wenn es richtig affenkalt
in Schtadt und Land und auch im Wald;
wenn man am Chrischtbaum offenbar
nicht mehr erkennt, was der mol war;
wenn man für Weihnachtsbäckerein,
sich nun beschafft den Waffenschein;
wenn uns beschleichen leise Zweifel,
weil das Weihnachtsgeld beim Teifel;
wenn im Rothaus s'Kripple abgebaut
und auf dem Schpeicher wohlverschtaut,
und man bemerkt: von all' den Lieben
sind Ochs und Esel uns geblieben...
Wenn es im Rothaus wieder schtill;
kein Weihnachtslicht mehr brennen will,
denn in dem Bau, dem alten, feuchten,
gibt's Lichter nicht, geschweige Leuchten;
wenn die Schtadt ihr Feschtkleid abgeschtreift
und der Beamte zu Formularen greift
und gleichsam wie ein Nebelschleier
der Blödsinn wieder Urschtänd feiert;
wenn die Gemeinderäteschar,
die im Winterurlaub war,
langsam wieder heimwärts schlittert,
die ganze Stadt in Ängschten zittert,
weil sie uns das Chaos würzen,
wenn sie sich in die Arbeit schtürzen;
wenn beim Einzelhandel über Nacht
St. Nikolaus die Mücke macht;
wenn nach dem feschtlichen Geglitzer
die Fasnetsbrauchtumsgriffelschpitzer
und die Narrenzunft fascht überschnappt,
weil's vorne nicht und hinten klappt;
wenn's kribbelt im Bauch bei dir und mir,
dann schteht die Fasnet vor der Tür.

Herrenabende

Herrenabende sind ihrer eigenen Gesetzmäßigkeit unterworfen. Herrenabende haben etwas Prickelndes, ja vielleicht sogar Anrüchiges, zumindest aber jenes Flair, welches man beispielsweise bei einer Weihnachtsfeier des Elisabethenvereins vergeblich suchen wird. Und ein Weiteres: Herrenabende heben den Teilnehmer aus der Gesellschaft heraus. Hier wird der Mann zum Herr, der Hausknecht zum Grande, der Tellerwäscher zum pater familias. Kurz: der Herrenabend hat etwa eine vergleichbare Funktion mit den Veteranentreffen des berühmten badischen Regiments Nr. 114 Mitte der zwanziger Jahre.
Die heutige Zeit ist gekennzeichnet von Frauenbewegungen und Emanzipationsbestrebungen derselben, getragen von der waghalsigen Idee der Gleichberechtigung. Hier steuern diverse, ansonsten durchaus ehrenwerte Clubs wie Round-Table, Kiwanis, Rotarier usw. gegen die Zeitstromschnellen und veranstalten Herrenabende. Sie bieten eine kulturelle Nische für unverschuldet in partnerschatfliche Beziehungen zum anderen Geschlecht geratene Herren. Das läßt hoffen.
Man sitzt zusammen, ißt gemeinsam und erzählt sich, nebenbei und völlig unbeabsichtigt, einige harmlose Witze. Einem eventuell dargereichten Getränk nicht abhold, wird auch durchaus und willig dem einen oder anderen Glase zugesprochen. So wird der Herrenabend zu einem der letzten Feuchtbiotope in den Sandwüsten des Vereinslebens.
Der Herrenabend geht auf eine lange, bis in die Anfänge der Zivilisation zurückreichende Tradition zurück. So fanden sich bei den jüngsten Unterwassergrabungen am Untersee die weinbefleckten Überreste eines keltischen Sockenhalters, dessen Besitzer demzufolge ein Herrenabendbesucher gewesen sein muß.
Man sage nun nicht, daß dem Herrenabend der Ruch einer Macho-Veranstaltung anhaften würde. Die Herren führen gerade dieses Vorurteil ad absurdum, indem sie ihren Sozial-

partnerinnen hin und wieder mal ein Damenkränzchen gewähren oder gar heterogene Abende veranstalten. Was will man weniger?

Zum guten Schluß

Manchmol hock ich do und denk,
der Humor ischt ein Geschenk
des Himmels, das den Blick mir weitet
für des, was drüben uns bereitet.
Wer sich getragen weiß, kann tragen
in guten und in bösen Tagen.
In Freuden und im Alltagstrott
trägt der Humor und nicht der Schpott.
Des macht mich dankbar, macht mich reich,
nur im Humor sind alle gleich.
Geschenk des Himmels, kleines Licht;
man hat ihn oder hat ihn nicht.

Alfred Heizmann, 1949 in Wurmlingen bei Tuttlingen geboren, ist Religionslehrer. Er lebt und arbeitet seit 1974 in Konstanz. Seit einigen Jahren wohnt er auf der Insel Reichenau. Neben seinen fasnächtlichen Aktivitäten in der Großen Konstanzer Narrengesellschaft Niederburg und der Langensteiner Cumpaney meldet er sich regelmäßig im Südwestfunk zu Wort, wo er in humorvollen Radiobeiträgen Zeiterscheinungen und Zeitgenossen liebevoll-satirisch aufs Korn nimmt. In diversen Sendungen von Südwest 3 ist er auch auf dem Bildschirm zu sehen.